Vengeance pour une fleur

VENGEANCE POUR UNE FLEUR

Harry Trincheti

ROMAN

Vengeance pour une fleur

Autres ouvrages de l'auteur

Réflexions et Mélancolie, poésies

Blandine, souvenirs d'enfance, roman

Williamina Stencil, roman

Recueil de pensées, poésies

Eléonore, roman

L'étrange monsieur Louis, roman fiction

Le Sur-moi ou le Dandysme, roman

La Balade du méditatif, roman

****

Pour contacter l'auteur : harrytrincheti@gmail.com

Je m'en souviens comme si c'était maintenant, elle était là dans cette petite rue de Paris, moi marchant mélancoliquement, j'arrivais les mains dans mes poches, ne pensant à rien, si, à ce que pouvait m'apporter cette vie si monotone, si fade, si solitaire. J'étais enfermé dans mon grand manteau de laine ou de fourrure d'un animal à quatre pattes et crachant sur tout le monde, n'importe quel animal, le col relevé. dans ce jour maussade, terne, légèrement humide d'une journée qui allait être triste pour être franc. Sans idées, sans volonté, je vagabondais pour dire vulgairement, ou pourrais-je dire de façon plus respectueuse. J'avais marché péniblement pendant des heures à la recherche d'un ou de plusieurs fugitifs dans cette ville qui peu à peu ne me ressemblaient pas ou plus. Il est bien loin, le petit gosse de quelques années qui courait dans les mêmes rues pour essayer de réussir, d'être, de se faire…

Quel âge avait-il ? environ quinze ans, mais déjà il se voulait, il ne voulait pas être les autres, il faisait tout pour cela. Déjà môme à la petite école, il était différent, comme l'anti, le contraste, l'inverse, le contraire. Fils d'une mère voyageuse, insondable, personnelle, excentrique, libérée intimement, sans frontières, exubérante, et d'un père croisé au détour d'un voyage, homme d'une semaine intime, mais sans amarre, sans frontières aussi, homme mytho, faux, bourlingueur, pauvre type, un peu manipulateur, le gars idéal pour cette fille ne voulant pas s'attacher. Tout pour se rapprocher et faire l'inconsolable et le définitif. Ils passèrent une semaine quelque part dans un pays coincé entre de belles plages et des rues lugubres, sans futur, sales, remplis de gens comme eux, ne se connaissant pas ou plus. Ils avaient trouvé là une entente de voyageurs, de rencontres, de paumées, de rien, de pas grand-chose, de traîne-savates, de manipulateurs de bas de gamme, de rêveurs des bas fossés.

Quel âge avait-il ? environ quinze ans, mais déjà il se voulait, il ne voulait pas être les autres, il faisait tout pour cela. Déjà môme à la petite école, il était différent, comme l'anti, le contraste, l'inverse, le contraire. Fils d'une mère voyageuse, insondable, personnelle, excentrique, libérée intimement, sans frontières, exubérante, et d'un père croisé au détour d'un voyage, homme d'une semaine intime, mais sans amarre, sans frontières aussi, homme mytho, faux, bourlingueur, pauvre type, un peu manipulateur, le gars idéal pour cette fille ne voulant pas s'attacher. Tout pour se rapprocher et faire l'inconsolable et le définitif. Ils passèrent une semaine quelque part dans un pays coincé entre de belles plages et des rues lugubres, sans futur, sales, remplis de gens comme eux, ne se connaissant pas ou plus. Ils avaient trouvé là une entente de voyageurs, de rencontres, de paumées, de rien, de pas grand-chose, de traîne-savates, de manipulateurs de bas de gamme, de rêveurs des bas fossés. Alors, elle allait rester en cet endroit, tout oublier, pleurer son départ, rentrer dans les ordres dans quelques jours, finir dans un couvent, pour ne plus l'oublier, s'en consoler par des années de larmes. Une fois l'avion décollé, cette nonne désespérée et inconsolable, fonçait dans un grand hôtel retrouver, une autre larme à l'œil, un autre homme d'âge moyen pour se réconforter et qui par gentillesse et affection lui payait un mois de promenade tous frais compris dans le pays… Un nouvel amour lui faisant oublier le premier. Hélas, et malheureusement pour lui, sa fidèle, son amour pour toujours, devenait au fil des jours, morne, intenable, caractérielle, colérique et il fallait se séparer ; les larmes coulaient encore des deux côtés, mais il en était de la sorte… Ce terrible destin qui frappe quand il ne faut pas : fatalitas… L'homme riche continuait sa route, ayant gentiment et respectueusement laissé à cette pauvre fille au bord du gouffre, une petite somme rondelette pour ses vieux jours d'une vingtaine d'années et aussi pour la remercier de ses gentillesses féminines agréables ; et elle, les yeux gorgés de larmes, au bord du suicide de cet abandon incompris et incompréhensible, retournait triste et inconsolable à son hôtel attendre le prochain avion pour Paris ou ailleurs dans un désespoir total, accrochée fortement aux doigts d'un gentil monsieur âgé qui par amour de sa prochaine, l'emmenait dans un autre pays lui faire oublier pour quelques mois, ses grands malheurs si familiaux qu'elle avait appris par courrier ; sa très chère tante était hélas décédée, elle qui était son secours, son futur, sa pitance journalière. Un baratin de plus sur son calendrier sexuel. Et c'est là, au détour d'une promenade esseulée, voulant prendre du recul pour réfléchir à cet homme si bien et si prévenant, âgé un peu quand même, étant au lit tendrement mou et inefficace, qu'elle put se retrouver seule avec celui qui allait devenir mon père. Cloitrée et murée dans une vieille maison en pierres sculptées, aux escaliers en marbre, et autres babioles belles mais avec le temps si ennuyeuses, donc depuis deux semaines, manquant de tendresse physique m'avait-elle racontée, elle était sortie sur un coup de tête quelques temps, marcher sans but précis pour faire le point sur sa vie et redevenir sérieuse, elle avançait là, sur ce sable brulant, entourée de ce vent séchant et sous ce soleil pointant d'un jaune aveuglant, quand elle trouva une petite boutique d'alimentation. Là elle y entra et ce fut l'orage, le tonnerre, l'éclair, la foudre… Il était là, accoudé sur un vieux meuble bancal, attendant les quelques acheteurs étrangers de passage. Il se retourna et elle ne vit que ces yeux d'un noir brillant comme cirés de pas longtemps, une bouche ourlée, sèche, mais attirante, un visage dur, mais viril. Elle ne put résister longtemps à lui et à ses avances respectueuses. Quelques minutes plus tard, ils marchaient sérieusement sur le sable chaud et tous deux comme deux innocents, firent pendant quelques jours connaissance pour savoir s'ils étaient faits l'un pour l'autre. Ils parlèrent longtemps intimement, puis après plus d'une semaine de réflexion, ce fut la séparation cruelle et irrévocable, maman rentra définitivement chez mon futur papa qu'elle aimait toujours tant et auquel elle pensait en permanence. Eh ! oui, bonnes gens, je suis le fils d'une fille sans frontière, menteuse, baratineuse au maximum, légère du bas, dégourdie du haut et d'un père presque inconnu dont maman ne se souvenait simplement que d'une partie de son corps, l'intime. Que voulez-vous que cela fasse plus tard… un gars qui marche dans une rue de cette vieille ville, les mains dans les poches pour se réchauffer, et encore.

Pour en revenir à ma petite enfance, j'avais poussé un peu partout, et finissais jeune, à Paris pour y avoir une grande éducation et surtout une nationalité correcte et reconnue. Maman au tout début avait par amour et reconnaissance pour ce très vieux monsieur, qui m'avait que trop grandement reconnu comme le sien, respectueusement bien voulue l'épouser dans la belle mairie du 7ème arrondissement de Paris, et était ainsi devenue dans une grande naïveté et une innocence pure, madame De St Martin. Hélas, le vieux monsieur partit quelques mois plus tard vers une autre maison, au cimetière du père Lachaise, une mauvaise chute dans l'escalier en marbre. Il fut déclaré mort de fatigue, un excès d'amour paraît-il ; il est vrai qu'un escalier, cela marche bien... pas de chance pour lui, le pauvre homme... Maman fut inconsolable et je grandissais ainsi dans un luxe triste et cérémonieux, où maman passait ses journées à pleurer ce bon monsieur, entourée par des amis à lui, qui choyaient cette femme comme ils le pouvaient intimement. Ayant le caractère des deux, enfin pas le sexuel heureusement, mais l'indifférent, je me fis une place dans ce bas monde en repoussant tous et toutes, en mordant d'un côté et en aboyant de l'autre. Puis j'ai fini là en ce jour divin dans cette rue où s'y trouvait, elle, cette fille, femme, cette perle, ce bijou, ce joyau... Elle était vêtue alors d'une jupe longue, avec des talons hauts noirs qui faisaient un claquement immense dans cette rue vide, un imperméable fermé juste à la taille par une ceinture serrée, une coiffure longue et aérée d'une couleur châtain, un visage froid, mais souriant, un regard noir brillant qui redonnait pour moi en ce jour triste, de la lumière, du soleil, de l'émerveillement. Je n'en crus pas mes yeux, elle était là, celle que je voulais, celle que j'attendais, celle que je recherchais depuis tant de période, tant d'années de solitaire, ma future... Je vis immédiatement à son regard posé sur moi, qu'il en était de même... Que faire, ne pas simplement passer à côté d'elle avec un petit sourire et la laisser continuer sa route idiotement... il en était impossible, alors avoir l'idée, l'immédiat, le n'importe quoi qui puisse me faire marcher, parler, discuter, avec elle, mais surtout ne pas la laisser partir dans l'inconnu, dans le jamais. Le courage ne me manquait aucunement avant et avec les autres, mais là, c'était différent, c'était elle... En quelques secondes, changer mon avenir, mon futur, être enfin... j'arrivais presque à sa hauteur, que faire, tomber sur elle, la pousser sottement, la bousculer malencontreusement, cela pourrait faire stupide, alors... je choisis l'étonnant...

-Je m'excuse de vous importuner mademoiselle, mais voilà, je suis perdu... je cherche la rue de Seine.

-Vous lui tournez le dos cher monsieur, c'est dans l'autre sens, c'est au bout de cette rue sur la gauche.

-Une personne m'a dit que c'était par là... il ne faut vraiment pas faire confiance aux personnes. J'espère que je peux vous faire confiance, enfin vous me paraissez beaucoup plus sensée que l'autre vieille dame âgée. Vous me dites que c'est par là, bon et bien merci, je repars seul.

-Mais vous ne serez pas seul, car c'est mon chemin aussi...

-Vous habitez rue de Seine ?

-Non, juste à côté, rue de Buci.

-Alors nous, si cela ne vous dérange pas, pourrons faire quelques pas ensembles.

-Mais aucunement cher monsieur, je ne dirais pas que j'en suis ravie, mais ce n'est pas loin et de plus, vous êtes un monsieur sérieux à qui je peux faire confiance, je me sens respectée et en pleine sincérité.

-Vous me flattez gentiment, et c'est bien mon état d'âme, je n'aime pas ces sales personnes qui pour un rien cherchent une conversation, une possibilité de parler, c'est d'une impolitesse mesquine.

Je ne sais d'où était sortie cette question et le reste, mais il a donné le résultat escompté, et quelque temps plus tard, elle devenait madame De St Martin pour la vie, pour ma vie. Elle était ce jour tout simplement se promenant sans savoir le pourquoi de son départ de chez-elle, elle s'était subitement vêtue et marchait au hasard, quelque chose lui commandait d'aller, alors elle fit. La voyant habillée de tout simple, il aurait été difficile de l'imaginer si femme d'affaires. C'est après quelques heures à parler ensemble, que je sus le pourquoi du comment de notre rencontre hasardeuse, mais qui par le destin avait été calculée. Claire est une femme d'affaires dans beaucoup de pays, donnant des rendez-vous ici, et d'autres là... Je lui fais confiance et elle a la mienne, mais chacun a nos vies professionnelles bien séparées... Elle ne sut pas tout de mon passé, il faut toujours garder un petit coin secret, sinon... Le mien était plus que secret... que lui importait de savoir que j'avais grandi dans le luxe et l'argent, avec une maman souvent occupée avec ses messieurs intimement, que je me suis retrouvé ainsi à pouvoir faire ce que je voulais et que le chemin était ainsi largement tout tracé. Encerclé de tous ses messieurs gavés d'argent jusqu'aux dents, je me suis fait eux, non par l'âge ni par l'intimité, mais par le caractère et le pognon. Ayant le caractère voyageur de maman et le caractère baroudeur de papa, j'ai vite associé les deux et tracé ma route. Avec l'argent l'on peut tout faire et tout avoir, alors j'ai eu. Mes premiers voyages en avion un peu partout, sans frontières et sans blocages, une façon de me libérer, de ne plus ou pas être les autres. J'ai un corps très athlétique, j'en ai profité pour faire du sport, tous les sports, surtout de combat. Prendre des coups fait peur, mais chaque seconde de notre vie est un combat et les coups reçus sont invisibles, traîtres et violents, alors que les autres sont réels, mais apportent et apprennent à savoir recevoir les premiers inattendus. Me protéger de partout et de tous. Nous enfin moi, car Claire était souvent entre San Francisco, Londres, Tokyo, Moscou, Dublin, Rome et Paris. L'on se voyait entre deux avions, ou hôtels de luxe. Le temps passait heureux serein et franc. Fier de ma femme et elle de son mari, les jours coulaient paisiblement. Nous nous étions dit que l'on se donnait deux années et que pousserait après notre famille, petites filles et garçons venant de son corps. Il n'y avait rien à craindre… Elle avait tout ce qu'il fallait pour être une future maman et le voulait puissamment. Pour son travail personnel, en femme d'affaires résistante, elle avait son matériel, son avion privé, son personnel depuis des années, les mêmes points de chute, un suivi complet, une organisation calculée. Rien n'était laissé au hasard, même pour sa sécurité privée... cela me réconfortait grandement. En conséquence pour me décrire un peu plus professionnellement, je travaille comme directeur d'une société que j'ai enfin fini par faire tenir plus longtemps que les autres, que je voulais modeste mais fonctionnant bien, remplie de matériel de bureautique. Je suis le patron, mais je me fais passer aussi pour le directeur, cela me protège plus et donne de l'importance à ma boîte. De temps en temps, je pars aussi en avion chercher des marchés, des fournitures, parfois comme conducteur avec le gros camion pour chercher des containers au port du Havre. Je fais livreur, coursier, le courrier à la poste, ainsi de suite... tout, je m'amuse, j'aide mon personnel... Claire est tout pour moi, elle est mon ciel bleu, mon vent doux et taquin, un oiseau qui siffle, ma douceur retrouvée, mon paradis, notre avenir fantastique.

Je m'écarte de mon idée première, mon enfance avais-je commencé à décrire... Ce vieux monsieur De St Martin, qui pendant le temps de ma conception avec un autre, jusqu'au moment de sa triste mort, a tout fait pour que maman et moi soyons heureux, il me reconnut même comme son fils, il le voulut car cela redorait quelque peu sa grandeur et fièrement fit croire aux amis de son club, qu'il avait levé une belle petite jeunette, qu'elle était devenue folle de lui et qu'elle attendait un enfant de sa part et surtout qu'à son âge, il était encore fertile, vaillant et gaillard. Il nous fallut avant, hélas, les larmes aux yeux, quitter ce paradis terrestre de ce pays des Maldives, pour me faire devenir Français et c'est ce qui fut fait devant dieu et les hommes. Je me retrouvais dans une école stricte, une ville stricte, puante, étrange, bruyante, malsaine, grise, mais tellement instructive. Fils d'une mère maintenant respectueuse au-dehors, entourée de vieux messieurs respectueux aussi au dehors, mais cabotins à l'intérieur et au dedans, et même dévergondés sur les côtés ;

messieurs connus sur le marché du pays et de ses commandes administratives en haut lieu, je fus protégé de tous comme un nouveau né ayant un futur tout tracé, je devins l'enfant prodigue. Ce n'est pas pour cela que j'en profitais pour faire le mal, casser ou voler, non, mais pour réfléchir un peu plus que les autres sur ces avantages immenses de mes protecteurs. Je devais ou dois tenir cela de mes deux parents, manipulateurs et s'étant tant entendus que j'en suis le fruit. J'ai donc au fond de moi, l'art et la manière de manipuler gentiment et, ou d'obtenir ce que je veux… Je vous vois venir, Claire…. Elle c'est du naturel, pas papa et maman, non le vrai coup de foudre frappant là, à l'improviste, le sérieux, le durable, l'éternel, le toujours. Entre l'enfance et cette adolescence tumultueuse et voyageuse, je me suis retrouvé au cours du temps dans diverses écoles, car un tantinet bagarreur, et surtout n'acceptant aucunement les remarques désobligeante de ces De machin chose, ou de ces Du pont de là-bas. Comme derrière moi j'avais tout le gratin du sommet accroché aux jambes de maman, je ne risquais rien. Mes notes étaient ce qu'elles voulaient, personne n'en trouvait rien à redire. J'étais un cancre protégé par... Vint vite fait l'adolescence, avec tous ces fils à papa et maman, se croyant. Hélas, bon nombre ne savaient pas que leur papa venait gentiment à la maison pour boire le thé avec maman, et boire d'autres boissons intimes avec maman... j'eus mon bac avec mention très bien, et les félicitations de toute la fonction enseignante. Maman avait encore en cette période, les bras aussi longs que ses jambes, jambes vraiment magnifiques. Du haut de cette victoire, je me pris en main et commençais à m'élever vers un sommet important de ma carrière. Faite de bric et de broc au début, je fus un tantinet chiffon, légèrement bordélique pour être franc, coulant gracieusement mes boîtes, mais recommençant plus fort après, une bonne chute vous apporte plus qu'un coup de pied au cul... Et voilà, je suis...

Claire et moi habitons Paris, dans ce modeste appartement de six pièces, avec des plafonds de trois mètres de haut et quelques bêtises sculptées dessus, datant de Napoléon trois. Je regarde régulièrement les messages qu'elle me laisse, je n'aime pas la savoir seule loin de moi. Elle y était avant, mais je ne la connaissais pas, maintenant c'est ma femme, l'amour de ma vie. Chaque matin je pars sur les coups de sept heures trente pour mon travail, je prends ma voiture et fonce en banlieue proche, pour y trouver mon personnel et les diverses lignes à tenir. Comme depuis des mois les commandes affluent, rien de nouveau au tableau, mais ce jour-là, une petite voix inconnue se fit entendre, je n'y prêtais pas trop attention, car ce genre de phénomènes dit paranormaux ne sont pour moi que des âneries et encore... je me souviens juste de deux mots : danger et changement... Dans mon travail il y a toujours du changement, quant au danger, il est permanent que ce soit en transportant, soulevant, roulant, et autres main d'oeuvres systématiques. Je passais alors rapidement à autre chose sans m'en faire… La journée finie, j'attendais obscurément et pieusement l'appel de ma femme, elle était actuellement à Londres puis devait partir pour Moscou… Elle si précise, cela n'était pas son habitude, de plus son téléphone était sur répondeur… je ne connaissais aucunement son hôtel, ni le téléphone de ses collaboratrices et collaborateurs… Deux heures passèrent et enfin le téléphone sonna.

-Allo, mon chéri, c'est moi, je t'appelle avec beaucoup de retard, un gros problème administratif inattendu avec Londres, de plus mon avion est en panne et mon agent de sécurité habituel qui est malade, est actuellement à l'hôpital aux urgences… C'est une sale journée où tout a tourné de travers, cela m'a fait un changement total, mais il n'y a pas trop de danger, je suis encore intacte… Tu as dû t'impatienter fortement, je m'en excuse.

-J'ai eu une forte angoisse. Veux-tu que je vienne avec mon avion pour tes transports ?

-Non, ton avion est trop simple, trop petit et pas assez rapide. J'ai retrouvé le même en quelques heures et j'ai aussi un nouvel agent de sécurité. Je dois te laisser de suite, je m'envole pour Moscou, je t'embrasse plus que fort mon amour.

-Moi aussi, et appelles-moi en arrivant…

-Promis.

En raccrochant, il lui revint le message.

-Incroyable, elle vient de me dire textuellement les deux mots que cette petite voix m'avait envoyés ce matin… Changement et danger ! C'est la première fois que cela m'arrive, l'incompréhensible… Bon mais si tout va bien je ne vais pas m'en faire plus, je vais pouvoir manger maintenant calmement et attendre son prochain appel dans quelques heures.

Le téléphone sonna à nouveau.

-Allo, maman.

-Comment sais-tu que c'est moi ?

-Maman, en premier nous sommes en 2000, deuxièmement, je connais parfaitement ton numéro, et en trio, tu téléphones toujours à la même heure.

-Dis que je vieillis pendant que tu y es, mon fils…

-Maman, ne fais pas ta mère Juive parce que tu as entendu cette blague à la télévision dans ce vieux film français… Comment vas-tu ?

-Comme tous les soirs, et vous deux, comment va Claire ?

-Moi bien, quant à Claire elle est en route pour Moscou, elle a eu des problèmes avec son avion privé et son garde du corps, mais tout est fini et arrangé. Tu as vu le médecin ?

-Oui, il se fait un peu de soucis, il me trouve triste et me demande en mariage.

-Ma pauvre maman, tu n'as vraiment pas de chance, et celui-ci est le numéro combien ?

-Je ne les compte plus, il y en a trop… et puis, je ne peux trahir ton cher et tendre papa qui a été le seul homme de ma vie.

-C'est lequel déjà ?

-Ne te moque pas de moi, tu es insupportable. Tu le sais, ton géniteur ne compte pas, seul est ton père, celui qui m'a donné tout son argent. As-tu mangé ?

-J'allais le faire, car Claire vient tout juste de prendre son avion.

-Surtout tu manges bien, et tu ne te couches pas trop tard.

-Comme tous les soirs maman, tu me connais…

-Bon, eh ! bien je te laisse, car demain j'ai une grosse journée, monsieur de St Gilbert vient avec son frère, prendre de mes nouvelles.

-Alors une journée très fatigante en perspective, bien du courage à toi, maman… je te laisse et bonne hardiesse pour demain ; appelles-moi le soir si tu n'es pas trop fatiguée.

-J'essaierai, allez, bonne nuit mon tendre fils.

Maman va encore au péril de sa vie faire une bonne œuvre et donner de son corps pour pouvoir payer le loyer et le gaz, la pauvre… Eléments familiaux qu'elle n'a jamais payée, car tout est électrique dans sa maison et qu'elle est totalement propriétaire de cette petite demeure en pierres taillées, offerte généreusement par son mari mort, de son vivant. Je la plains grandement, surtout que ces messieurs d'après ce que j'en ai entendu, sont robustes et taquins. Mais il paraît que les voyages forment la jeunesse, maman voyage beaucoup avec tous ces messieurs. Elle ne changera jamais, toujours libérée du bas, mais sérieuse du haut. Bon allez, le repas puis dodo, car heureusement que moi je ne suis pas comme elle, sinon Claire ne serait pas ma femme très longtemps.

Le lendemain après une nuit calme, je déjeunais, puis partis dans ma société pour recevoir des produits venant d'Angleterre. Au soir je reçus l'appel de Claire.

-Bonsoir mon amour, comment vas-tu ?

-C'est à toi qu'il faut demander cela, finis les divers problèmes d'avion et de personnel ?

-Tout est rentré dans l'ordre… J'ai des nouvelles de mon agent de sécurité, il est arrêté pendant un bon mois, il a fallu lui faire une intervention chirurgicale rapide. Le nouveau me paraît un peu stupide et brutal envers les autres comme mon personnel proche, ma secrétaire, mon conseiller diplomatique et mon chauffeur. Mais je vais le calmer, en lui remontant les bretelles sérieusement une bonne fois pour toutes. Et toi, que t'arrive-t-il ?

-Rien, maman comme tous les soirs m'a appelé   pour me raconter ses effusions intimes… Moi de mon côté, j'ai bien mangé et bien bu, et après ton appel surtout bien dormi.

-Seul !

-Non, avec mon nounours en peluche, j'avoue nous avons encore passer la nuit ensemble, nuit très diabolique.

-Heureusement que je ne suis pas jalouse, mais je me pose des questions… Qu'a-t-il de plus que moi ?

-Ton parfum, tes vêtements et ta photo !

-Ta réponse ne me rassure pas une seconde, nous verrons cela quand je rentrerai, tous les trois. Je dois te laisser, avec le décalage horaire, j'ai à faire… Je t'embrasse fort mon amour   et je reviens dans trois jours… je t'aime mon mari !

-Moi aussi ma douce femme. Dors bien et à dans trois jours, j'irai te chercher sur la piste comme d'habitude.

-D'accord… bonne nuit.

Trois jours après, j'attendais Claire comme depuis des semaines sur la piste prévue pour chercher les intimes. Une fois l'avion posé et l'escalier descendu, je montais la chercher, c'est notre principe de retour. Entrant dans l'avion, son agent de sécurité se mit en barrière devant moi.

-Vous n'avez aucunement à entrer dans cet avion privé, sortez immédiatement !

-Je suis le mari de Claire et comme à chaque retour de son avion, c'est moi qui viens la chercher dedans.

-Je ne veux aucunement comprendre, c'est moi qui la protège, sortez !

-Je viens de vous dire jeune homme, que premièrement je suis son mari et que je faisais cela avant avec votre autre collègue qui me connais et me respecte, lui.

-Je suis là pour la sécurité de madame jusqu'au bout de cet aéroport.

-Votre journée et votre itinéraire sont actuellement finis, et bonne journée, jeune homme.

-Que se passe-t-il ?

-Ton garde du corps, ma chérie, se prend actuellement pour ce qu'il n'est pas ou plus, je lui explique gentiment qui je suis, mais il pense autrement…

-Monsieur, je vous ai déjà réprimé une première fois pour votre attitude envers ma personne, et je vous ai dit aussi que j'étais mariée et que mon mari viendrait me chercher dans mon avion. Il vous serait bon d'entendre ce que l'on vous dit et surtout de ne pas vous prendre pour autre chose. Vous n'êtes ici que pour quelques jours en remplacement, alors arrêtez immédiatement de vous faire des films, nous ne sommes pas au cinéma.

-Bien madame !

-Bonjour mon amour, tu me prends ma valise, j'ai aussi ce sac encombrant, c'est un cadeau pour toi.

-Il ne fallait pas, tu te ruines à chaque voyage pour moi, encore un repas au Fouquets de perdu, tu es horrible mon amour…

-Nous mangerons alors du caviar en remplacement, seuls à la maison.

-Quelle triste vie.

S'adressant à une des hôtesses :

-Vous remercierez Bernard le pilote, ainsi que tout mon personnel de ma part pour la rapidité que vous avez eux face à ce regrettable changement d'avion, nous devons nous retrouver dans quelques jours pour un départ pour Barcelone, puis Madrid. Bonne fin de journée, Claudine !

-Je n'y manquerais pas madame et bonne fin de journée pour vous aussi.

Une fois descendus de l'appareil et dehors, nous sommes rentrés gentiment à la maison pour que Claire puisse se détendre et apprécier son confort personnel et très privé.

Le soir après le repas.

-Nous avons mon mari, une petite conversation privée à avoir maintenant.

-Qui est ?

-Sur cette personne qui régulièrement passe ses nuits avec toi, quand je ne le suis pas.

-Mais je t'ai dit qu'il était entouré de toi…

-Mais il n'est pas entièrement moi et je suis jalouse, alors j'ai décidé de palier à ceci… regardes dans le paquet que tu as porté.

-Dois-je me dire que…

-Dis-le-toi…

J'ouvris le colis et apparut un énorme nounours tout blanc, sentant le parfum de Claire et y ayant fait gravé dessus, un gros « Je t'aime mon amour ».

-Il est magnifique et te sent… merci ma Claire, enfin je vais dormir sans avaler les poils de l'autre et surtout le faire laver, car il finit par puer.

-Tu vas le jeter, c'est un ordre… Je ne veux personne d'autre dans mon lit que je n'ai pas choisi, compris… Alors immédiatement, tu le jettes par la fenêtre.

-Mais il va attraper froid cette nuit et de plus c'est la première fois qu'il va se retrouver seul, abandonné.

-Je m'en fous, il ira dormir sous le vieux hangar à bois… dehors !

-Je m'en excuse auprès de toi, vieux compagnon de route et de dodo, mais ma chère et tendre femme a raison, il faut savoir arrêter une aventure quand elle est découverte et prendre un remplaçant qu'elle me donne avec amour.

J'ouvris la fenêtre, un dernier regard à ma peluche.

-Salut à toi et bonne route vers d'autres aventures.

Puis je refermais la fenêtre.

-Il fait bien beau pour cette nuit… Mon amour il se fait tard, il serait bon de manger, car demain j'ai école. Quant à vous jeune homme et nouvel arrivant dans cette maison, je vais vous expliquer plus tard le règlement interne de cet endroit qu'il faudra suivre à la lettre.

-Incorrigible ! Allons manger…

Le lendemain, Marc, partit un peu fatigué d'une nuit courte et mouvementée.

Je ne sais si vous avez remarqué, mais j'ai aussi comme tous, un prénom ; hélas pour moi ce n'est pas le plus prestigieux ni le plus beau, mais le plus commun, car ma bonne maman n'était pas du genre à chercher le complexe et ayant passé pas mal de temps à bourlinguer avec beaucoup d'autres prénoms intimement, elle finissait souvent par s'embrouiller dans sa tête. Entre les Arthur, les François, les Pedro, les Miguel, les Stans, les Hans et autres rencontres parfois d'un jour ou de quelques heures pour son travail intime, elle comme l'on dit gentiment, y perdait son latin… Le jour de ma naissance elle prit tout bonnement le plus simple, celui du médecin accoucheur marqué sur sa tenue. J'aurais préféré un prénom ayant plus de classe, plus chic, plus ou moins ordinaire, mais j'ai dû faire avec… Pour les deux autres je ne vous dis pas, vous allez rire… Entre Claire et moi nous en sommes depuis le début à, mon amour, mon chéri, ma tendresse, parfois pour moi, Claire, mais sans plus… Ce n'est pas qu'elle refuse mon prénom, mais avec toutes les personnes qu'elle a autour d'elle, elle se mélange aussi et puis me dit-elle, des mon chéri, il n'y a que moi, s'y ajoute souvent et amoureusement, mon mari, celui-ci est vraiment personnel, enfin je l'espère…

Donc ce matin là, je partis un peu fatigué, mal réveillé, la tête dans le cul pour exprimer la réalité de cette période. Mais quelque chose me frappa sans y prendre plus attention, une personne que j'avais vue, mais impossible de savoir où et quand… je continuais ma route en voiture, et oubliais cette personne, me disant que je trouverai plus tard. La journée se passa en cavalcades diverses et je revins le soir vers 18 heures sachant Claire à la maison, j'avais décidé de l'inviter en surprise dans un bon restaurant et de faire ensuite une balade en amoureux.

-Coucou, je suis rentré, ma Claire, ce soir je t'invite à diner nous partons dans quelques minutes.

Là, je retrouvais Claire en larmes sur le canapé.

-Que se passe-t-il ?

-Une mauvaise nouvelle… mon garde du corps est décédé cette nuit à l'hôpital… ce sont des infirmières qui en rentrant dans sa chambre l'on trouvé mort dans son lit, poignardé et tous ses objets personnels volés.

-Mais ils ont retrouvé le tueur ?

-Non, il était entré par une porte de service pendant la journée et est ressorti par cette même porte après son meurtre.

-Mais l'on ne rentre pas comme cela dans une chambre, il a bien dû être filmé, il y a des caméras de sûreté…

-Oui, mais il s'est caché de toutes, par des angles morts.

-Et comment a-t-il su pour ton garde du corps ?

-Je n'en sais rien. Actuellement, la police fait une enquête approfondie, mais elle pense que c'est un visiteur, comme beaucoup, qui l'avait repéré. Il paraît que les vols dans les chambres des malades la nuit ou le jour se comptent en centaines.

-Oui, mais il ne les tue pas... Ton garde était sous tranquillisants, et incapable de bouger.

-Cela est incompréhensible, je perds un collaborateur important... il était consciencieux, intègre, marié avec deux enfants qui étaient son bonheur et une femme qui était son royaume, il en était fier de sa famille... Je suis totalement effondrée au plus profond de moi ; en le voyant aimer sa famille, combien de fois je pensais à nous et à nos futurs enfants et je me disais que je vous aimerai comme lui pour la sienne, aussi fort, aussi puissamment. Maintenant, il n'est plus et je suis choquée, détruite, anéantie par ce meurtre abject et ignoble.

-Je te comprends totalement et suis de tout cœur avec toi, non parce que tu es ma femme, mais parce que tu es une femme respectueuse de ton personnel et des autres. J'étais venu pour t'emmener au restaurant, être ensemble, mais je crois que tout cela est repoussé, même annulé…

-Non, je vais suivre cette idée, il faut que je sorte et accrochée à toi, penser autrement, continuer, préparer demain. Ce ne sera pas la franche gaité, mais il y aura un petit quelque chose.

-Nous allons sortir non pas comme d'habitude chez le même restaurant, mais ailleurs, au hasard de nos volontés.

-Je prends un manteau et nous y allons, cela me fera du bien et ensemble nous préparerons les diverses démarches et frais que je dois à sa famille et surtout à sa femme.

La soirée fut non pas triste, mais recueillie, respectueuse, sans rires stupides, sans blagues venant de moi, je fus beaucoup plus attentionné, chaleureux envers elle. Nous avons préparé les fleuristes, les divers achats intimes, comme le cercueil, la messe… Claire appela sa femme.

-Madame Legrand, c'est Madame De St Martin… Je vous exprime mes sincères condoléances, et vous appelle pour vous annoncer que par respect pour votre mari et votre famille, je prends immédiatement tous les frais à mon nom. Je viens d'acheter le cercueil et tout ce qui va avec, les porteurs, la voiture, le reste… je prendrais aussi la messe et l'enterrement. Votre mari était un homme incroyable et si aimant pour vous et votre famille, j'admirais sa grandeur de mari et de père… j'étais fière de lui, il m'a beaucoup apportée dans ma vie de couple… J'ai donné votre adresse pour que tout se fasse tendrement, nous nous reverrons le jour… enfin… je… enfin… je vous laisse, je suis effondrée profondément, c'est horrible.

Marc prit le téléphone portable.

-Madame, je suis monsieur De St Martin, ma femme est sans force, je voulais vous dire, que je m'occuperai des transports de votre famille, autant qu'ils soient, par respect pour votre famille et je veillerai que vous ne soyez pas démunis pour le futur. Nous serons présents le jour de l'enterrement.

-Je vous remercie monsieur et madame, mon mari était fier de travailler avec votre femme, ils se respectaient grandement, il me le disait régulièrement… Votre femme était parfois sans qu'il le lui dise, la grande sœur qu'il n'avait pas eue.

-Je ne l'oublierai pas, promis… reposez-vous comme vous le pouvez, et nous serons là en ce jour si triste…

-Merci à vous deux, et à plus tard monsieur.

-Que t'a-t-elle dit ?

-Que tu étais pour ton garde du corps plus qu'une patronne, mais sa grande sœur qu'il n'avait pas… et qu'il était fier de toi.

Claire tomba dans les bras de Marc et se mit à pleurer fortement.

-Je jure de tout faire pour retrouver celui qui a fait cela.

-Pourquoi dis-tu celui qui a fait cela ?

-Ils disent que ce ne peut être qu'un homme, il y avait une force de frappe énorme, puissante, volontaire.

-Juste une petite question idiote, il ne t'est jamais arrivée un événement ainsi avant ?

-Non, pourquoi ?

-Un doute…

Dans une église souvent silencieuse et vide, maintenant y sortait des chants religieux, des paroles tendres et respectueuses, une harmonie solidaire, des larmes sincères, une complicité protectrice, une fraternelle concordance… Un cercueil était là posé ignoblement sur ces tréteaux en bois sans valeur… Hélas, ce cercueil n'aurait dû être là que seulement dans plusieurs années, trente, quarante et plus. Mais en son intérieur était un jeune monsieur d'une trentaine d'années, papa et mari d'une femme aujourd'hui effondrée, morte, elle aussi en cet instant et pour le futur. À ses côtés, deux jeunes enfants ne comprenant pas ce qu'ils font là, mais silencieux et calmes… Une messe recouverte de larmes se fit et puis ce fut le chemin vers le cimetière, endroit froid et morne où se reposeront pour toujours ceux et celles qui… Là aussi, les larmes coulent, dernières larmes pour celui qui était le garde du corps de… Dans une incompréhension totale, chacun enserre comme il le peut les survivants de ce désastre physique et moral, apportant des mots rapides et peu remontants, mais tellement affectifs. Puis c'est le départ de tous lentement et imperturbablement, l'abandon de lui dans cet endroit, il doit être laissé là seul, paisiblement oublié, toujours rappelé, graduellement et mentalement effacé des mémoires et les survivants physiquement et mentalement affaiblis, vont et devront reprendre la marche dure et immonde des jours à découvrir, pas toujours heureux, avec l'inconnu autour et ses obstacles nombreux qui commencent.

-Je vous remercie pour tout ce que vous avez fait pour mon mari et ma famille, monsieur et madame…

-C'est et c'était pour lui rendre grâce de tout ce qu'il a fait pour moi, madame. Votre mari était un grand monsieur et un grand professionnel, respectueux et intelligent. Il était plus qu'un protecteur, je ne lui avais jamais dit, par peur de changer notre collaboration, mais sa présence à mes côtés me donnait une vraie sécurité, une confiance de sagesse.

-Je vous remercie de vos mots, ils me font immensément chaud au cœur.

-Je vais aider votre famille en prenant sur moi tous les frais d'école et le reste. De plus, je vous offre une place dans ma société dès demain matin.

-Merci madame, je l'accepte grandement, cela m'aidera à penser à lui et à payer les frais qui vont arriver.

-Madame, je suis monsieur De St Martin, je compatie pour vous, et ferai tout pour savoir ce qu'il s'est passé en cette histoire. S'il y a le moindre petit quelque chose, appelez-moi, je viendrais de suite.

-Je vous en remercie tous deux, cela me réchauffe le cœur, j'accepte toutes les aides qui me sont possibles… Je dois vous laisser, ma famille m'attend, mais je serai dans deux à trois jours pour le poste, madame.

-Je vous y attends sincèrement… je viens de vous dire demain, mais attendez quelques jours, cela sera plus logique… je suis immensément malheureuse par la perte de votre mari et collaborateur.

Puis ce fut le retour à la maison, quelques heures de repos et d'oubli, mais me revint encore ce visage que j'avais vu en voiture, et à laquelle je n'avais pas réussi à placer sur une forme précise. J'avais constamment cherché dans tous les visages présents si… mais rien ! Trois jours passèrent et madame Legrand rentra dans la société de Claire comme comptable. Puis peu à peu revint le quotidien, les voyages entre partout pour elle, et moi mes transports à gauche et à droite.

Le téléphone sonna.

-Oui chère maman, que puis-je faire pour toi ?

-C'est toi qui m'a posé ce sac devant ma porte ?

-Quel sac ?

-Le grand sac en papier marron avec quelque chose dedans que je n'ai pas encore ouvert.

-Aucunement… Ne touches à rien, j'arrive de suite, laisses ce sac où il est… Rentres dans la maison et attends que je te dise de sortir…

Quelques minutes passèrent et Marc se retrouva devant le sac.

-Qu'est-ce que c'est que ce truc !!! Maman, tu restes à l'intérieur et tu ne sors que si je te le dis.

Lentement, Marc palpa doucement le paquet pour se faire une première idée, mais ne trouvant pas ce que c'était, il lui dit.

-Maman, donnes-moi un plateau repas, et tu entres te mettre dans la salle de bain, l'on ne sait jamais ?

-Je dois appeler la police !

-Non, ce n'est peut-être rien d'important, je vais simplement descendre ce sac sur le jardin, et serai plus rassuré.

-Tu es sûr pour la police ?

-Je te dirai une fois en bas ce qu'il faudra faire.

Marc fit glisser lentement sur le plateau-repas le paquet, descendit lentement l'escalier et une fois éloigné dehors, il jeta au loin le sac … rien ne se produit, ni explosion, ni choc lourd, et rien ne bougeait dedans.

-C'est déjà moins important… Maman, est-ce qu'un ami ou autre devait te faire un cadeau que tu aurais oublié ?

-Non, ils viennent directement me les apporter pour se faire remercier plus vite.

-Je vais prendre un râteau et percer le sac, nous verrons bien.

Marc perça de plusieurs coups le sac qui finit par lâcher son contenu.

-C'est quoi cela ? Une chaussure…

-Alors, qu'as-tu trouvé ?

-L'étonnant et le déconcertant, tu n'y penseras jamais une seconde… juste une chaussure…

-Que me dis-tu là, je descends... Une chaussure !

Se posant beaucoup de questions sur cette découverte stupide, Marc et sa mère finirent par se dire que c'était tout simplement une blague d'un môme et jetèrent à la poubelle la chaussure. Puis le temps passa tranquillement pendant une période sereine pour tous.

-Allo mon chéri d'amour, je rentre demain, tu viens me chercher comme chaque fois ?

-Tu le sais bien, je ne raterai jamais ce beau et tendre rendez-vous... Demain 15 heures, propre et lavé comme un sous neuf pour attendre la femme de ma vie à son avion.

Marc descendit le lendemain de l'appartement comme pour tout retour, monta dans sa voiture et se faufila dans les rues de la capitale. Il se trouvait tranquillement au feu, et démarra, quand un camion de livraison, sortant de son emplacement en marche arrière, lui rentra dedans... la voiture était détruite, mais lui n'avait rien… Après un constat long, il ne put être au rendez-vous de Claire.

-Claire, c'est moi, j'ai eu un accident, un camion de livraison m'a embouti, la voiture est foutue, mais je n'ai rien, il reculait m'a-t-il dit sans regarder derrière…

-Tu es sûr que tu n'as rien ?

-Certain, mais je ne pourrais venir te chercher.

-Je vais prendre un taxi, ce n'est pas le plus important actuellement…

-Je te retrouve à l'appartement ce soir, pendant ce temps je vais acheter une autre voiture… A plus tard ma chérie, je m'excuse, je t'aime.

-Tu n'y es pour rien et ne t'inquiètes pas, je vais me débrouiller, moi aussi mon amour, je t'aime.

Ainsi quelques heures après ils se retrouvèrent ensemble.

-Alors Marc comment vas-tu… Tu es sûr que tu n'as rien de cassé ?

-Tout va très bien, juste un petit choc pas grave. La voiture neuve est au sous-sol sur le stationnement, et toi, explique-moi ton retour sans moi.

-Une bonne chose, mais imprévue aussi… J'étais à attendre un taxi avec une masse de personnes, quand j'ai entendu un klaxon, puis plusieurs, je me suis alors retournée et, c'était mon garde de sécurité dans sa voiture personnelle qui était là, il venait de me voir et m'a demandé ce que je faisais à attendre avec toutes ces gens, puis il m'a obligé de me raccompagner, car il fait partie m'a-t-il dit de ma sécurité aussi dehors tant que je ne suis pas en totale sécurité. Il m'a donc et cela m'a étonné, très gentiment raccompagné. Il n'était plus le même, il était charmant, calme, souriant, détendu, heureux et simple… je l'ai vu d'un autre œil. Totalement l'inverse que dans son travail, là, il était plus humain, plus rieur… attentif, heureux, décontracté.

-Cela prouve que les personnes sont parfois tellement fixées sur ce qu'elles doivent accomplir que leur mental permute pleinement. Il va changer face à toi et face aux autres, ce n'est pas plus mal, et chacun y trouvera son compte, cela fera moins de tiraillement dans ton équipe, un calme plus appréciable.

-Oui, mais j'espère que cela ne se reproduira plus, car cet événement que je n'apprécie aucunement peut fausser les relations entre moi et mon personnel. À l'heure actuelle, je ne sais plus comment je vais m'y prendre avec lui, vu toutes les remontrances que je lui fais en permanence pendant le travail.

-Cela veut dire ?

-Il est toujours en conflit avec les personnes qui s'approchent de moi, même les personnalités très connues… Je suis sans arrêt à lui faire la morale, et le rabrouer. Ce qu'il vient de s'effectuer, va me mettre dans une position indélicate face à tous et toutes, et cela partout...

-Tu ne peux pas changer de personne ?

-Étrangement non, plusieurs fois j'ai demandé, mais il est toujours revenu à son poste.

-Ce n'est qu'une fois que cela s'est fait et se fera... je ferai pour ma part plus attention en voiture, il est vrai que parfois je suis distrait et sûr de moi. Et s'il est toujours aussi papa poule dans ton travail, il te faudra lui remonter les bretelles sérieusement et une fois pour toutes. Si tu as une peur de te retrouver avec des problèmes dans ton travail, tu n'as qu'à le faire quand je serai à venir te chercher dans ton avion, nous en discuterons tous les trois en privé.

-Je suis ton idée... mais prépares-toi à une belle conversation dure et musclée.

-J'aime et j'adore ce genre de conversations intimes, délicates, fraternelles et si constructives pour le futur.

-Pas de bagarre entre vous, je te connais, tu n'es pas du genre à te laisser marcher sur les pieds et ailleurs non plus. Je t'ai vu te battre dans ton club de combat et tu n'es plus le même à cet instant. Tu as comme une rage, une volonté de ne pas perdre, n'est-ce pas vrai ?

-Peut-être que j'ai une vieille rancune ou rancœur contre un fantôme du passé, ou contre ce que je n'ai pas pu toucher, sentir ou ressentir.

-En tout cas, tes partenaires eux le ressentaient fortement vu tes coups.

-Je te promets à ce moment, avec lui d'être ou de devenir diplomate, cela te va ma tendre femme ?

-C'est tout ce que je veux de toi, merci d'avance… Ah, je pars lundi matin pour

Londres, je serai mardi soir à Genève et retour jeudi midi pour nous deux.

-Je commence immédiatement mes cours de diplomatie… Cher monsieur, auriez-vous la gentillesse de ne plus klaxonner ma femme dehors, gros porc, sinon je te pète la gueule…

-Sois plus poli Marc ! Enfin, tu as dit diplomatique.

-Que je vous pète la gueule, s'il vous plait…

Tu ne changeras donc jamais… Sachez cher monsieur, que la diplomatie est un mode de vie et une forme de respect envers l'autre et les autres.

-Alors, j'enlève monsieur et lui dis, gentleman veuillez…

-Là c'est plus diplomatique, j'accepte… Viens manger idiot, ce soir nous avons un sublime diner comme tu aimes : en entrée, bouchers à la reine , puis quenelles de brochet et enfin, crêpes et glace au grand Marnier... Et en digestif, madame sur canapé !

Pendant ces quelques heures de bonheur, ils oublièrent, ou plutôt tentèrent d'oublier ce triste enterrement, cette femme seule avec ses enfants, l'accident, tout pour n'être qu'eux et lentement parler de l'avenir et des enfants qu'ils veulent tant.

-Marc, je vais mettre un frein à ma carrière, nous avons tout ce qu'il faut pour vivre, je peux ayant des collaborateurs sérieux leur donner les pouvoirs pendant quelques mois, ne plus être à gauche et à droite loin de toi et penser sérieusement à devenir celle que je voudrais comme tant d'autres, une maman et une mère.

-J'y pensais aussi, pour nous deux, cela mettra plus de béton entre nous. Pour moi, l'arrêt n'est pas un problème, c'est plus pour toi, tu as plus d'importance...

-Les premiers mois je continuerai, puis quand la grossesse sera vraiment formée, je m'arrêterai et reprendrai quelques semaines après la naissance. Des dizaines de femmes le font dans mon milieu, et tout se passe impeccablement.

-Si cela n'entrave pas le bon fonctionnement de ton travail, je suis pour… Il reste maintenant à établir le calendrier de nos rencontres…

-Attendons quelques semaines, car actuellement je suis sur un énorme projet international de plusieurs millions et plus, avec un consortium ; c'est un projet sur dix ans, il va me rapporter beaucoup. Après comme l'on dit, j'aurai les mains libres et je serai toute à mon travail avec toi.

-Je perçois comme une volonté professionnelle d'y mettre tout de toi dans cette conception familiale, me tromperai-je ?

-Mais tout à fait et je veux que toi aussi tu t'investisses fortement aussi dans ce projet.

-Je ferai de mon mieux, mais il paraît que comme le vin, plus l'on vieillit et meilleur est le résultat.

-Mon amour, ne tentons pas le grand cru la première fois, mais juste un petit vin bien familial fait avec amour, dans le respect des traditions et que nous élèverons…

-En barrique en bois, dans du vieux chêne ancestral, venant de nos ancêtres…

-Tu es un idiot Marc, mon pauvre bébé… N'écoutes pas bébé, papa est un idiot…

-Il est déjà là ?

-Non, mais je me prépare à lui parler, il faut parler au bébé, c'est bon pour sa croissance. Il faut parler au bébé, lui raconter de petites histoires…

-Excuses-moi, mais je ne me vois pas pendant neuf mois chaque soir sur le lit familial, ma tête sur ton ventre, à lui lire du Verlaine ou lui siffler du Mozart.

-Si tu ne peux pas, je prendrai une autre personne, je passerai une annonce pour cela.

-Prends alors une jeune fille, une nounou ou la bonne…

-Si cela continue ainsi, je pense que je vais faire cet enfant avec un autre ; tu n'y mets vraiment pas du tien… Juste pendant neuf mois à lui lire des poèmes et lui siffler du Brahms, ce n'est pas difficile, enfin.

 -Si c'est du Brahms ou du Chopin, alors je suis d'accord ; entendons-nous sur les compositeurs de suite. Un soir s'il est sage, je lui sifflerais « Pierre et le loup », mais seulement vers trois mois, car avant il ne comprendra rien…

Après quelques jours qui passèrent vite, chacun d'eux, reprit le chemin du travail, pour encore quelques semaines.

C'est maman qui va être surprise, je ne lui annonce pas avant d'être sûr de tout… je la vois dépitée, angoissée, mal dans sa peau, elle va se sentir vieille et me le dire chaque seconde…Tiens, je vais l'appeler maintenant pour savoir ce qu'elle devient et aussi si l'autre chaussure est arrivée chez-elle.

-Allo, allo, c'est moi maman, ton fils… tu es sur répondeur, rappelles moi rapidement…

Trente minutes passèrent et il n'y eut pas d'appel.

-Elle doit être occupée avec un de ses amis intime, je rappellerai cet après-midi… Sacrée maman ! Toujours à faire le bien autour d'elle, une sainte…

Mais l'après-midi, il n'y eut pas d'appel.

-Il est 15h00 heures et pas d'appel, ce n'est pas comme d'habitude… J'appelle tout de suite la police, je préfère passer pour un idiot que ne rien faire… Allo le commissariat du 7ème, je suis monsieur De St Martin, pouvez-vous passez de suite chez ma mère, elle ne répond actuellement pas depuis des heures au téléphone, et je m'inquiète fortement… votre commissaire la connaît bien.

-Nous lui donnons le message, et partons de suite…

Le téléphone sonna après quelques minutes.

-Oui allo !

-Monsieur, vous devriez venir de suite chez votre maman.

-Que se passe-t-il ?

-Venez !

Marc partit comme un fou à travers les rues, et arriva affolé devant l'adresse.

-Que se passe-t-il ?

-Comme après votre appel, nous sommes venus ici, et nous avons trouvé la porte ouverte et votre mère sur le sol. Tout était cassé et votre maman en sang et évanouie... Immédiatement nous avons appelé l'ambulance qui l'a menée à l'hôpital, elle est vivante, mais a dû être attaquée par un voleur, la sachant seule dans cette maison immense.

-Je fonce à l'hôpital, fouillez partout pour retrouver le plus d'empreintes possible... celui qui a fait cela va entendre ma colère, je vous le promets.

Marc arriva à l'hôpital au standard.

Une dame vient d'être amenée voilà quelques minutes d'urgence par une ambulance et la police, c'est ma mère, madame De St Martin...

-Elle est en soins intensifs, j'appelle de suite le médecin qui s'est occupé d'elle... Docteur Julien, le fils de la dame, monsieur De St

Martin vient d'arriver… Je lui dis de monter ? Bien, vous montez au deuxième étage, il vous attend dans son bureau, c'est le docteur Julien… Au bout du couloir, l'ascenseur.

Arrivé à l'étage.

-Mademoiselle, le bureau du docteur Julien ?

-Au bout à gauche, porte 2.

Il entra brusquement.

-Docteur, je suis le fils de madame De St Martin… comment-va-t-elle ?

-Bien et mal… elle a reçu des coups nombreux, mais pas violents un peu partout, asseyez-vous quelques minutes pour en parler… Votre mère n'a pas vraiment été violemment frappée ; mais c'est comme un jeu, les coups sont et ont été calculés, non pas pour tuer ou faire mal, mais pour tout autre chose…

-Que voulez-vous dire ?

-Comme un jeu, un amusement pour faire mal, mais sans aller plus loin... A-t-elle des ennemis ?

-Ce serait plutôt le contraire, vous allez vite vous en apercevoir par les appels téléphoniques importants qui vont suivre, demandant de ses nouvelles... maman est très intime et délicate... Elle ne voit le mal nulle part.

-L'homme ; est le seul mot qui est sorti d'elle encore un peu consciente, s'est amusé sur elle... Il n'y a pas eu de violences intimes... Cette agression est la première que je vois dans ma carrière...

-Et maintenant comment va-t-elle ?

-Elle dort paisiblement.

-Je vais vous demander une chose importante peut-être sans rapport, mais l'agent de sécurité de ma femme a été tué voilà quelques heures dans sa chambre d'hôpital... Pouvez-vous veiller plus sur elle ?

-Je vais la faire placer en face de la salle de garde des médecins et des infirmières de suite.

-Puis-je la voir ?

-Je vais donner l'ordre de la placer de suite dans la nouvelle chambre, vous pourrez ainsi la voir pendant ce temps.

Le téléphone retentit.

-Oui…

-Docteur… un certain monsieur De St André du Conté voudrait vous parler de suite

-De St André du Conté, je ne connais nullement…

-C'est un bon ami de ma maman, les appels commencent… attention, car ce sont des personnes très influentes sur le pays.

-J'en prends acte…

Interpelant une infirmière.

-Faites immédiatement transférer la dame de la chambre dix, ici dans cette pièce face aux différentes surveillances, infirmières et médecins, avec une attention plus poussée… en cas de problèmes je suis dans mon bureau. Allo Monsieur De St André, docteur Julien…

-Merci pour tout docteur Julien.

-Je ferai de mon mieux pour votre maman. Allo cher monsieur, docteur Julien…

Mademoiselle, où puis-je téléphoner en urgence ?

-Vous avez une salle de téléphone libre, emplacement trois, un petit panneau est inscrit dessus.

-Allo, Claire, je sais que tu es certainement en avion ou en réunion, mais maman s'est fait agresser et elle est à l'hôpital en soin intensif, je reste à l'hôpital pour cette nuit… Il y a un hôtel en face, l'hôtel du Régent, je vais y prendre une chambre…

Les infirmières pendant ce temps placèrent la maman dans sa chambre.

-Comment va-t-elle ?

-Elle est sous tranquillisants… c'est moi qui m'occupe d'elle.

-J'ai demandé au docteur de la protéger, car le garde du corps de ma femme s'est fait tué voilà quelques jours dans sa chambre d'hôpital… Moi je viens d'avoir un accident, et depuis quelque temps les jours changent en mal dans ma famille… je peux revenir quand je veux ?

-Seulement le jour, jusqu'à 19 heures, après c'est interdit.

-Je reviens de suite, je vais prendre une chambre à l'hôtel d'en face pour être là plus rapidement… et la veiller, je ne suis actuellement pas sécurisé, non par vous toutes, mais par celui qui a fait cela.

Dans sa chambre d'hôtel, le téléphone portable sonna.

-Marc, je viens d'avoir ton appel, j'étais en réunion secrète… je rentre de suite.

-Non, restes où tu es et à ce que tu fais, je veille sur elle la journée, ne t'inquiètes pas, Et toi ma chérie comment cela va ?

L'éternel bagarre pour un contrat… Ah ! j'ai eu une discussion privée avec mon surveillant dans l'avion, et lui ai dit posément que ce qu'il a fait était gentil et très délicat, mais qu'il n'y aura plus jamais d'autres aides envers moi, que je savais être en confiance face aux différentes personnes que je croise, qu'en dehors de mon travail comme toute femme, je fais mes achats en public, et que le mal n'est pas partout… Il a eu l'impression de comprendre, ce qui est très bien. Mais j'ai un gros doute sur le temps que cela durera.

-Il est avec toi actuellement ?

-Oui, comme toujours depuis son arrivée… et reprend peu à peu son caractère possessif, car je crois l'entendre actuellement se chamailler avec une fille de mon avion…

-Claire, je te laisse et retourne à l'hôpital qui est juste en face… C'est moi qui te rappellerai ce soir ; heure locale Française, disons 20 heures 30.

-Aucun problème   et si cela ne va pas je reviens de suite… normalement, je rentre dans deux jours… Embrasses ta maman de toutes mes forces, et veilles la bien… je vous aime tous les deux, fortement.

Se retrouvant seul dans le couloir de l'hôpital regardant sa mère endormie.

-Qui peut bien avoir fait une telle chose, d'abord cette chaussure, puis maintenant cette attaque de soi-disant voleur… Je vais retourner cette nuit chez maman et faire le tour général pour savoir si des objets ont bien été volés, j'ai un gros doute sur tout cela.

La nuit, Marc passa rapidement à l'appartement de sa mère, y trouva deux policiers devant garer en voiture.

-Messieurs je suis monsieur De St Martin, le fils… Y-a-t-il du nouveau ?

-Pour l'instant non, c'est calme.

-Je vais faire une petite recherche dans la maison, ce qui s'est passé n'est pas logique.

-Voulez-vous que l'on vienne avec vous.

-Je suis d'accord, cela ira plus vite.

-J'avertis le commissariat… Centrale, nous allons avec monsieur De St Martin pour vérifier plusieurs indices dans l'appartement de sa maman qui est à l'hôpital.

Dans la maison.

-Que devons-nous faire ?

-Tout simplement remettre en place le maximum d'objets, s'il y a eu vol, cela se retrouvera vite fait… laissez ce qui est cassé, je les placerai après.

Une heure après tout était en place.

-Cela explique qu'il n'y a pas eu vol, mais simplement dégâts volontaires pour cacher les violences physiques faites sur elle…

-En clair, ce n'est plus une tentative de vol, mais une violence gratuite.

-Exact !

-Votre mère a des ennemis ?

-Non ! Maman est coquine et obtient ce qu'elle veut plus tendrement… Cela fait deux fois… l'autre jour, il y avait un sac devant sa porte et après avoir sécurisé le sac, j'ai trouvé une chaussure dedans…

-Vous avez toujours l'objet ?

-Non, je l'ai jeté dans la poubelle pensant à une blague d'enfant.

-Vous rappelez-vous du style de la chaussure, était-elle neuve, brillante, stylée ?

-Elle était presque neuve et n'ayant que peu servi... Un beau cuir marron clair, une bonne marque... C'est vrai, c'est maintenant que cela me revient... sur le coup je n'y avais pas fait attention. Parfois nous avons quelque chose sous les yeux et le mental ne suit pas... Votre aide m'a été précieuse messieurs, je vous en remercie grandement.

-Nous allons faire un rapport de tout cela qui se joindra au reste du dossier et si un autre souvenir vous revient, appelez vite...

-Je n'y manquerai pas une seconde... Je vais aller me reposer face à l'hôpital, à l'hôtel du Régent, Chambre dix, le temps que je puisse la ramener dans sa maison dans quelques jours... Bonne fin de nuit messieurs.

-À vous aussi Monsieur.

Marc repartit se coucher pendant quelques heures dans sa chambre. Au matin vers midi, il se rendit à l'hopital..

-Mademoiselle, je suis monsieur…

-Je vous reconnais… Elle va mieux, nous avons arrêté les calmants, elle revient peu à peu à elle, vous pourrez lui parler cet après-midi vers 15 heures…   Allez-vous reposer, nous la surveillons comme le lait sur le feu…

-Merci beaucoup, vous êtes une femme formidable.

-Ce n'est pas moi, mais de la hiérarchie de l'étage… sinon le chef du service va me fouetter, il a reçu des ordres de très haut…

-Je connais le très haut de maman… Il a le bras très long… je parlerai à ce bras pour vous faire remercier gracieusement… sans passer par votre chef de service.

-Nous adorons les chocolats.

-Vous en aurez des tonnes   et de bonne marque , juré, promis !

Marc revint à l'hôpital l'après-midi.

-Je peux la voir ?

-Oui, mais pas très longtemps… Le chef de service veut vous voir, je l'avertis que vous êtes là…

-Ne t'inquiètes plus maman, maintenant tout est sécurisé… racontes-moi !

-Je n'ai pas compris, la sonnette a retenti, j'ai ouvert l'interphone, là un monsieur m'a dit qu'il venait pour je ne sais plus quoi… si… une fuite de gaz dans la rue, et qu'il fallait qu'il vérifie… j'ai ouvert sans regarder et quand j'ai ouvert la porte, ce n'a été que coups partout, puis je l'ai vu casser les objets, puis recommencer à me frapper, mais sans violence, mais beaucoup, je me suis évanouie sous les coups… enfin je me suis juste réveillée quelques secondes et ensuite le trou total, jusqu'à maintenant. Que s'est-il passé au juste ?

-Quelque chose de pas très clair... Tu te souviens du visage de cet homme ?

-Oui, vu que j'en ai croisé des centaines ; moyen de physique, plutôt costaud, lourd même... une voix dure, sèche, forte ; mais pas agressive... Physiquement du genre viril, mais loupé...

-Que veux-tu dire par là ?

-Un faux dur, un qui se fait croire qu'il est... presque respectueux dans son regard que j'ai croisé quelques secondes... Un regard noir clair, faux, triste.

Entra le chef du service.

-Monsieur De St Martin, je vais vous demander de sortir quelques secondes le temps d'examiner votre maman, puis je veux vous parler seul dans mon bureau.

Quelques minutes après, dans le bureau.

-Votre maman va très bien, elle va sortir demain midi, les coups n'ont pas été violents…mais nombreux…

-C'est ce qu'elle vient de me décrire…Y aura-t-il des suites de tout cela ?

-Pendant quelques jours, il faudra faire venir chez votre mère une infirmière pour les différents soins à compléter. De mon côté tout est fini.

-Pour les coups qu'en pensez-vous ?

-Des coups mous et répétés, assez étonnant… pas une volonté de tuer ni de faire vraiment mal, mais seulement de faire peur, d'impressionner… Ne vous inquiétez pas, elle sera redevenue la belle femme que j'ai entendu par téléphone, des « amis » qu'elle connaît « familièrement ».

-Maman est très amitié entre les êtres.

-Je m'en suis particulièrement aperçu après deux appels téléphoniques venant de haut lieu… De la famille certainement.

-Oui, proche, vraiment très proche…

-Vous pouvez rentrer chez vous, nous allons soigneusement la surveiller, un policier va venir surveiller sa chambre dans quelques minutes, jusqu'à demain midi. Vous viendrez la chercher ?

-Oui, vers 11 heures…

-Alors à demain… il y aura un policier pour cette nuit et deux infirmières de nuit en plus… je demande du personnel depuis des mois et là en quelques heures j'ai du monde.

-Je dirai à maman de venir travailler chez vous.

-Surtout pas… mon service est calme et je tiens à ce qu'il y reste encore pendant quelques mois, après c'est le départ… mon remplaçant fera ce qu'il voudra de son côté.

-Déjà la retraite ?

-Non, demande de mutation en Guyane, j'ai de la famille là-bas.

Le lendemain matin vers dix heures, un livreur apporta aux infirmières, plusieurs grosses boîtes de chocolat de la rue des St Pères, chocolaterie des rois de France depuis 1780 ; chocolaterie où monsieur Anatole France allait enfant vers 6 ans avec sa maman. Marc et sa maman rentrèrent en ambulance chez elle, la police surveillait les alentours, au cas où, et quelques jours passèrent où tout redevint normal. Un matin tard, Marc et Claire vinrent passer la journée avec maman.

-Claire, cela me fait très plaisir, comment allez-vous ?

-C'est à vous qu'il faut demander cela, suite à ce choc violent.

-Cela va mieux, une infirmière vient tous les matins me soigner, les hématomes finissent par disparaître… je ne comprends toujours pas pourquoi ce monsieur m'en voulait autant… Entrez, ne restez pas sur le pas de porte tous deux… Marc, enlèves le manteau de Claire, sois un peu galant…

-Je vois chère maman que le naturel est de retour, nous allons te laisser…

-Fais cela et je te déshérite sur-le-champ et donne tout à ma belle-fille, Claire, elle me comprend elle, au moins…

-Je n'ai plus à m'en faire, tu es à ce que je vois en pleine forme.

-Comme tu me parles mal et tu es très dur avec ta pauvre mère…

-Claire ma tendre femme, je te présente maman juive avec cet accent qu'elle a entendu dans un film français, dit par une vieille actrice appelée Marthe…

Le retour au toujours pareil suivi à son rythme et chacun retrouva sa route.

Claire téléphona à Marc.

-Que se passe-t-il ?

-Pourrais-tu être à l'arrivée de l'avion, j'ai encore eu des problèmes avec qui tu sais… Il ne comprend vraiment rien… Attends que tout le personnel soit sorti de l'appareil pour venir me chercher, car je crois que la discussion va être sportive et brutale…

-Je prends mes gants de boxe ou mes gants de douche ?

-Commences par les gants de douche, après je vous laisserai parler entre gentlemans et grands garçons compréhensibles.

-Je lui sifflerai du Mozart ou du Paganini, c'est très beau Paganini, c'est Italien… À tout à l'heure, en bas de l'avion.

J'arrivais en avance pour ne pas oublier cet ami à la descente de l'avion. Nous devions parler gentiment, doucement et diplomatiquement m'avait demandé Claire, j'avais pendant quelques heures à la salle, préparé mes mots pour qu'ils frappent bien et marquent gentiment ce brave homme, mais en toute gentillesse, avec fair-play et amabilité envers... L'avion stoppa, et tout le personnel sortit sauf Claire et ce brave monsieur, je montais gentiment et rentrais poliment.

-Alors bonjour ma tendre femme... bien voyagée en charmante compagnie ?

-Bonjour mon chéri, il est là au fond, je ne te dis pas, c'est de pire en pire, méfies-toi, il est légèrement fourbe et de mauvaise humeur... Bonne conversation amicale, j'ai autre chose à voir avec mon personnel.

-Mais je te laisse à ton travail et nous nous revoyons dans quelques minutes, juste le temps de boire un verre en toute amitié avec qui tu sais.

Cette conversation fut forte instructive et amicale, généreuse sur certains points, et ô combien chaude et appréciée, l'ennemi en resta assis de bonheur partagé dans son fauteuil... L'amitié de ce siècle est et restera toujours un instant douceâtre et si chaleureux en ces temps parfois combattifs et si vulgaires ailleurs... Mais nous sommes en France, patrie des mots compréhensibles, limpides, clairs, venant de Balzac, Victor Hugo, Lamartine et tant d'autres... poésies, je vous aime. Je ressortis laissant mon ami à ses réflexions personnelles, et retrouvais Claire.

-Alors comment s'est passée votre entrevue d'amis ?

-Nous nous sommes mis d'accord de suite... C'est un vrai grand garçon poli et charmant. Maintenant, il sera plus calme, je le pense sérieusement, il est intelligent sur pas mal de points. Tu as bien voyagé ?

-Je suis grandement fatiguée, les réunions sont longues et finissent par me vider... Il est temps de passer à ce que nous avons décidé intimement... Je t'invite à diner dehors pour parler de tout cela sans avoir à préparer le repas.

Au restaurant, une fois bien assis dans un endroit calme et reculé.

-J'ai choisi la personne qui va me remplacer pendant ma grossesse, J'ai toute confiance en elle, plutôt en lui, c'est Mathieu de Chambol, un homme ayant la tête sur les épaules, il me suit depuis le premier jour et est intelligent, honnête, droit, sérieux. Je vais faire encore deux voyages, et ensuite nous serons intimes pour notre future famille.

-Cela va te changer totalement. Il paraît que les femmes ont des envies de tout... quelles sont les tiennes que je sache avant...

-Cerises, bananes, poires, fruits du pacifique sud, homards, crevettes géantes fraiches, viande d'ours, œufs de nandou, et surtout pattes d'araignée du soir farcies.

-J'aime tes goûts simples et modestes... Pour les poires, cela ne va pas être simple, où trouve-t-on ces fruits ?

-Cherches... Au fait, pour quelques jours je ne pars pas, mais travaille en France, je dois aller à Rennes, puis Bordeaux finir les signatures de contrats, visiter les entreprises, parler aux actionnaires, voir le personnel, me faire connaître. As-tu du sérieux dans les jours venant ?

-Non, pourquoi ?

-Te serait-il possible de m'accompagner non comme mari en secret, mais comme personne de sécurité de mon corps, car je pense que mon « adjoint actuel » va être indisponible pour quelques temps et années... Pourrais-tu le remplacer pendant que j'en trouve un autre moins...

-À cheval sur les principes...

-Voilà, ce sont les mots.

-J'avertis de suite mon personnel, qu'ils se prennent en main pour quelque temps.

-Pour le chauffeur, j'ai déjà un ancien gendarme.

-Si madame l'accepte, j'accepte aussi, et pour les repas ?

-Vous verrez avec mon chauffeur, il a ses adresses.

-Et pour le dodo ?

-Je suis mariée monsieur, j'aime mon mari... Bon peut-être que si votre attitude est satisfaisante, nous verrons, mais en tout bien et tout honneur.

-Et quand commence ma mission ?

-Après-demain, huit heures du matin devant ma porte... Tu as rendez-vous avec mon chauffeur demain midi à dix heures devant chez lui, je te donnerai son adresse, cela sera plus facile... je lui en avais déjà parlé.

-Ah d'accord, tu savais pour lui et moi…

-Tu es mon mari, je te connais entièrement, je sais que tu ne sais rien me refuser… Il ne sait pas pour nous, tu es juste engagé en remplacement temporaire, le temps que je trouve plus sérieux.

-Merci, cela fait totalement plaisir à entendre, en clair je dois vous appeler madame…

-Oui, et vous quel est votre prénom ?

-Marc madame !

-Ce n'est pas le plus beau prénom, mais je m'en contenterai pour le peu de temps.

 -Je suis déçu par cette soirée, heureusement que le repas est bon, cela calme ma déception immense.

-Tu t'en remettras quand tu seras papa. Juste un point, je pense que tu devrais changer de prénom, car si je t'appelle Marc et que tu me réponds, oui ma chérie, il va y avoir problème face à tous…

-Tu as raison, Bertrand serait plus prudent, c'est mon adjoint qui prépare les commandes. Un Bertrand cela passe partout et cela fait garde du corps, comme valet de chambre, épousseteur de bibelots, porteur de sacs à main, nounou pour enfants, gardien de grand-mère, ouvreur de bouteilles, cireur de pompes, etc...

-Va pour Bertrand.

Ainsi, deux jours après, je me retrouvais comme garde du corps de ma femme dans ses voyages d'affaires. Je n'imaginais pas un tel chantier, il faut avoir les yeux partout, surveiller chacun et toutes, prendre soin de ses vêtements, des horaires, attendre pendant des heures, manger sans manger, dormir sans horaires, voir le mal partout tout en faisant confiance aux personnes inconnues qui ont un titre ou un passé important, rester debout à attendre que, faire pipi en quelques secondes, et ainsi de suite. Et Bertrand par-ci et Bertrand par-là, je ne savais pas que cette femme était aussi capricieuse, parfois froide, personnelle… si j'avais su, je ne me serais pas marié avec elle… Elles savent bien nous cacher leur personnalité ces femmes, hélas il est trop tard, et il faut subir… Mon pauvre monsieur, cela vous apprendra avoir dit oui à cette femme pour le futur avant de connaître ce chantier. Pendant la semaine ce ne fut que cavalcades partout, embrouilles diverses, surveillance discrète et tout le tintouin, je finis exténué et me promis de ne jamais resigner un tel contrat, je commençais même à avoir de la pitié pour mon cher adversaire de gentillesse. Quelques jours après arriva un remplaçant, ancien garde du corps de je ne sais qui, mais enchanté j'étais libéré à vie.

Le soir, dans leur maison.

-Alors mon chéri, content de m'avoir accompagné dans mon travail ?

-C'est à moi que tu parles, j'ai failli buter tout le monde, me battre pour une veste, griffer pour pouvoir te suivre, mordre pour pouvoir respirer et hurler pour pouvoir manger à ma faim… J'ai même eu pendant juste quelques heures, de l'affection pour l'ancien garde…

-C'est parce que c'était ta première fois, mais tu verras, tout te paraîtra plus facile avec l'habitude.

-Plus jamais,   promis   plus jamais… je demande le divorce pour manipulation, et séparation des corps, même en promenade intime.

-Ne me parle pas aussi durement mon chéri… le bébé, notre futur bébé.

-Je n'en veux plus, je préfère un chien, comme cela, pas besoin de lui siffler du Mozart ou du Wagner pour qu'il soit heureux et s'épanouisse sans encombres ; sa gamelle de croquettes, un peu d'eau, et fous-moi la paix le clébard, vas coucher dans ton panier sale bête qui pue...

-Tu deviens émotif, mon amour… le bébé va naître tout colérique, et bougon… Plus tard il s'en souviendra, et je lui dirai que c'est de ta faute, car tu n'y mettais pas tout ton cœur de papa.

-Si j'avais su cela avant, je serai rentré dans les ordres…

-Viens que je te fasse un gros poutou pour te calmer… Laisses-toi faire, je vais gentiment te masser le dos, et le calme va revenir… Tu sens le calme revenir en toi ?

-Non, mais plutôt la faim me tirailler l'estomac, je n'ai rien mangé ce midi, si, juste une barre chocolatée qui m'a couté chère au distributeur.

-Je laisse le massage, et te prépare un diner que j'ai commandé et qui arrive dans quelques minutes par chauffeur…Cadeau de la maison et de ton ancienne patronne…

-Merci à vous deux, tu viens de sauver notre couple… je peux encore te dire alors, que je t'aime.

-Préparons la table, il faut manger lorsque c'est chaud.

Mais une heure après, le repas n'était toujours pas là.

-Tu es sûr de ton repas, il prend du retard… il vient à dos d'escargot… je commence à gargouiller sévèrement de l'estomac, il fait faim, lui…

-J'appelle le restaurant… Bonsoir, j'ai commandé un repas pour deux personnes, au nom de Madame De St Martin, et rien n'est encore arrivé, cela nous étonne…

-Le colis est bien arrivé, il a été signé par votre mari.

-Mon mari… mais il est avec moi, et personne n'a signé, ni n'est venu…

-Je rappelle le livreur…

-Demandez-lui comment était le monsieur physiquement qui a pris le repas.

-Un monsieur ordinaire, un peu gros, assez carré mais pas très grand, pas méchant ; grand mou habillé avec un blouson gris.

-Ce n'est aucunement le physique de mon mari ; lui est grand, très musclé, imposant et dur en caractère ; ni la façon de se vêtir, il est toujours en costume. Votre livreur n'est pas sérieux du tout, veuillez me livrer ce repas de suite…

-Nous vous envoyons immédiatement un autre repas madame, avec toutes nos excuses.

-Nous attendrons en bas devant la porte de notre maison, votre livreur…

-Il sera là dans quinze minutes, avec un plat pour chacun en plus comme dédommagement.

Ils descendirent tous deux devant leur porte, puis virent un paquet devant une autre poubelle en face.

-Claire, regardes en face, le sac, l'on dirait une marque de restaurateur...

-Tu as raison, c'est... je reconnais l'enseigne du traiteur.

S'approchant, ils trouvèrent le repas jeté, écrasé et abandonné, mais avec une chaussure dedans.

-Qu'est-ce que c'est que cette histoire, et c'est quoi cette chaussure placée dedans ?

-Claire, c'est la deuxième chaussure identique que j'ai trouvé chez ma mère... Même taille, même coupe, même cuir, même couleur... Que veut dire tout cela ?

Le livreur arriva.

-Monsieur et madame De St Martin, je reviens vous rapporter le repas.

-C'était vous… Dites-nous, comment était le monsieur qui vous a pris le tout.

-Comme j'ai dit, pas plus… Pourquoi ?

-Voilà le repas que cet homme vous a pris, en plus avec une chaussure dedans qui est la deuxième.

-Certainement une blague de voisin, ou un avertissement de quelqu'un qui vous en veut… pour une voiture mal garée ou du bruit la nuit…

-Aucunement tout cela jeune homme, je peux vous le confirmer hélas… J'appelle tout de suite la police, deux fois c'est de trop. Allo le commissariat, monsieur De St Martin, pouvez-vous venir de suite, il y a un autre problème… et pouvez-vous mettre ma mère en sécurité, vous connaissez son adresse déjà, et restez avec elle dans sa maison, l'autre chaussure vient d'apparaitre… Ils arrivent de suite.

-Et pour le repas ?

-Je vous le prends et excusez-nous pour avoir cru du mal de vous… Tenez, gardez tout c'est de bon cœur.

Quelques minutes et deux voitures se placèrent devant eux.

-Commissaire de nuit… c'est cette chaussure la deuxième dont vous me parliez ?

-Oui, placée dans un repas que nous avons commandé quelques minutes avant, et retrouvé dans cette poubelle.

-Personne ne le savait donc.

-Non !

-Quelqu'un sait que vous êtes là et écoute vos conversations téléphoniques… je vais appeler des spécialistes, ils vont fouiller partout dans votre appartement, de suite. Pour votre maman, j'ai placé deux hommes devant, et un à l'intérieur, car j'ai appris ce qu'il lui est arrivé… Cette affaire ne sent pas bon du tout.

-Marc, tu peux me montrer cette chaussure ?

-La voilà.

-Je reconnais cette chaussure, c'est celle de mon garde du corps, il l'avait quelques jours avant sa mort, il venait de les acheter, je lui avais même fait la remarque qu'elles étaient élégantes. Attends, il n'est pas encore trop tard, je vais appeler sa femme… Madame Legrand, madame De St Martin, juste une petite question privée… votre mari avait acheté une paire de chaussure en cuir marron clair, la semaine avant… L'avez-vous encore…

-Elles étaient dans son armoire à l'hôpital pour quand il sortirait, et c'est vrai que quand l'on m'a rendu ses affaires, il n'y avait pas de chaussures… je n'y avais pas fait attention tellement dans mes noires pensées de sa perte… Vous avez raison, les chaussures en cuir clair n'y étaient pas… quelqu'un a dû les poser ailleurs et oublier de me le rendre.

-Cela doit être ainsi…

-Mais pourquoi cette question ?

-Mon mari veut les mêmes…

-Il allait rue St Honoré, les acheter.

-Merci… je ne vais pas vous déranger plus, nous nous verrons demain plus grandement… je vous souhaite une bonne nuit, et à demain dans mon bureau, vers dix heures…Je n'ai pas osé lui dire la vérité, mais c'est bien la chaussure de son mari.

-Quelqu'un essaye de vous faire du mal par tous les points, et cette personne recommencera.

-Mais qui peut nous en vouloir depuis quelque temps ? Cela a commencé par ton garde du corps, puis moi, après ma mère, maintenant notre repas et cette chaussure…

-Je vais faire surveiller fortement plus votre maman et vous aussi… madame, vous avez une sécurité proche de vous ?

-J'avais un agent, mais ayant beaucoup de problèmes avec, mon mari et lui se sont légèrement entretenus seuls, et depuis il est ailleurs, ce qui n'est pas un mal…

-Nous allons vous donner deux agents de sécurité rapprochée professionnels, plus un chauffeur professionnel.

-Mon chauffeur est un ancien gendarme…

-Alors c'est un plus. Pour vous monsieur…

-Pour moi, rien… je suis un grand garçon, et je sais me défendre comme il le faut… Je vais juste être plus sur mes gardes tant que tout danger ne sera pas écarté.

-Je vous laisse et passe immédiatement chez votre maman donner des ordres stricts.

-Et pour la fouille de notre maison ?

-J'envoie toute une équipe de suite… Ici le commissaire, envoyez une équipe pour fouiller les murs de la maison de monsieur De St Martin et sa femme. Fouillez au millimètre, il doit y avoir des micros partout et peut-être des minis caméras, et donnez-moi le rapport le plus vite possible. Quant à vous, sécurisez la maison, personne ne passe… Je n'ai pas envie d'avoir des morts inutiles.

-Merci commissaire…

-Pour la chaussure, donnez-la à la scientifique quand ils arriveront, l'on ne sait jamais, ils trouveront peut-être des empreintes dessus…

Ils restèrent en bas de l'immeuble sécurisé par la police, pendant que tout leur appartement fut fouillé.

-Vous pouvez rentrer, mais il va vous falloir changer vos serrures, une ou plusieurs personnes sont rentrées chez vous, et y ont placé micros et caméras miniatures, du travail de professionnels… je vais faire un rapport solide au commissaire, mais surtout savoir d'où vient tout ce matériel d'espion. Avant de partir… fouillez de temps en temps l'endroit, je vais vous faire apporter du matériel de détection dans quelques jours.

-Nous vous faisons grandement confiance messieurs. Allez, à présent remontons chez nous finir ce repas qui va être devenu froid…

-Nous vous remercions tous pour ce que vous faites actuellement messieurs, j'en tiendrais grandement compte, et n'oublierais pas vos services plus tard.

-Merci madame.

-Moi non plus, et il y aura des promotions je peux vous l'affirmer venant de haut.

-Merci monsieur… Bonne nuit à vous maintenant.

-Bonne nuit aussi et bon courage… Attendez, j'appelle…. ici, madame De St Martin… pouvez-vous livrer sur mon compte le plus rapidement possible des repas pour six personnes avec boisson pour les agents de sécurité devant chez-nous pour cette nuit... Vous mettez de tout, dessert et café aussi... je vous remercie et je les avertis... Messieurs, des repas chauds vont vous être livrés dans quelques minutes en remerciement pour ce que vous accomplissez pour nous, maintenant bonne nuit à tous j'en suis sûre.

-Merci pour ce que vous effectuez envers nous, monsieur et madame.

-Nous voilà chez nous en sécurité pendant quelques heures, il faudra demain mettre tout cela au clair... pour ton nouveau garde du corps, tu es sûre de lui ?

-Oui, tiens, je vais justement l'appeler et lui dire de se mettre sur ses gardes, tout cela devient de plus en plus étrange... Mathieu, madame de St Martin, je vous avertis que nous avons encore été fouillés par des personnes inconnues, sécurisez-vous, car mon dernier garde du corps a été tué par on ne sait qui...

Personne, ne faites confiance à personne, pas même à la police ou à des collègues à vous… pouvez-vous avertir mon chauffeur de tout cela ?

-Oui madame, je vais aller chez-lui et je resterai là-bas.

Marc prit le téléphone.

-Faites attention sur la route, j'ai eu un étrange accident voilà quelque temps, illogique… je suis monsieur De St Martin… restez vraiment sur vos gardes, je peux vous l'assurer.

-Je vais demander à deux collègues de venir me chercher… Nous allons renforcer la sécurité autour de votre femme, monsieur…

Claire reprit le téléphone.

-Bonne nuit quand même à vous tous… Le commissaire de police va vous adjoindre des policiers professionnels, ils vont s'occuper de mon avion et de mon personnel   proche… Bonne nuit, tout de même.

-À vous deux aussi, monsieur et madame.

-Bon, ce repas de vingt heures me paraît idéal pour se faire un repas télé, il y a un bon film…

-Tu penses encore regarder la télévision après tout cela…

-C'est un film policier où des personnes sont surveillées par des espions cachés dans les tiroirs à chaussettes, en bas de l'armoire à slips… Ils les découvrent parce que le monsieur change de chaussettes tachées par de la confiture de prunes pendant son petit déjeuner…

-Et ce monsieur déjeune en slip et chaussettes le matin ?

-Oui, il est seul et aime bien déjeuner en plein confort pendant que sa femme est au travail de nuit… et arrive plus tard.

-Mais ils ne s'aperçoivent de rien.

-Non, car les espions changent d'armoire quand elle revient, et se cachent dans l'armoire à outils du mari… mais, hélas ce sale matin, l'imprévisible se fait, et pour les espions c'est la fin… Une intrigue intrigante, je ne te dis pas, tu vas être intriguée…

-Je vais plutôt aller me coucher après avoir pris le dessert… je te laisse le reste du repas… manges tout, je voulais le donner à ton chien dans sa gamelle.

-Quoi, nous avons un chien !!! Clébard, viens ici manger avec papa sur le canapé, il y a du foie gras et des escargots à l'ail… si tu es sage clébard, tu auras droit à un verre de vin rouge.

-Je te laisse avec des histoires idiotes, et fais une bise à ton chien imaginaire, et ne me salissez pas le canapé en cuir avec vos pattes.

-Oui, maman, promis… Bonne nuit chérie.

-À toi aussi insupportable mari que j'aime…

Au matin tôt, la sonnette retentit.

-Oui, qui est-ce ?

-La police, commissaire Prévost…

-Je vous ouvre de suite, attendez que je me vête un peu plus… Bonjour commissaire, entrez… alors !

-Bon nous avons cherché partout et avons un début de piste… Pour le matériel… c'est du matériel venant de Russie, en vente sur le web en toute simplicité… pour les empreintes, il va falloir attendre encore quelques jours… Votre maman est en totale sécurité avec deux hommes chez-elle…. Elle n'est pas du genre facile…

-Maman a du caractère et de l'endurance… vous avez déjeuné commissaire ?

-Légèrement et rapidement.

-Alors, soyez le bienvenu à notre table… ma femme ne travaille pas ce matin, elle va se reposer de cette nuit longue et courte à la fois.

-Et que fait-elle dans la vie ?

-Elle est présidente ou directrice d'entreprises diverses, et va sur toute la planète, avec son avion privé et son garde du corps, son chauffeur attitré, ses hôtesses privées, et tout privé.

-D'accord, et vous ?

-Je suis propriétaire d'une entreprise privée vendant de tout à tous en privé.

-D'accord aussi…. Qui est ce monsieur qui a été trouvé mort dans un hôpital ?

-Son garde du corps, homme qu'elle aimait beaucoup, et respectait grandement, un ami et confident.

-Il a été tué étrangement…

-D'après les dire, par un voleur pendant la nuit, mais ses chaussures ne sont pas parties seules de l'endroit pour se retrouver l'une chez ma maman, et l'autre hier dans cette poubelle dans le panier repas…

-Vous restez là ces futurs jours ?

-Ma femme va à son travail au centre d'affaires de la défense… Mais elle a averti son garde du corps, et fait avertir son chauffeur.

-Mon collègue de nuit m'a laissé des messages clairs, sécurité totale sur vous deux… Des inspecteurs seront partout ; quant à votre maman elle est entourée sérieusement.

-Maman a toujours été surveillée sérieusement.

-Oui, mais là, sa sécurité est totale…

-Dois-je en rougir de la savoir entre tous ces hommes si robustes… maman est taquine et joueuse… Elle aime jouer à cache-cache dans les placards et ailleurs, pas toujours seule.

-Et pour vous, il en est de même, que vous le vouliez ou non, un inspecteur de police va vous escorter partout.

-Et nous pourrons jouer aussi à cache-cache ? Je ne sors pas pour quelques jours, libérez ce brave homme et tout ira pour le mieux.

-Bonjour messieurs, que nous vaut votre visite monsieur le commissaire ?

-Votre surveillance madame.

-Mais mon mari peut…

-Aucunement madame, vous avez des policiers professionnels partout… J'ai des ordres venant de certains amis de la maman de votre mari.

-Tu vois chéri que ta maman m'aime, elle… Tu ne ferais pas tout cela pour moi.

-Quoi… j'ai passé des heures voilà pas longtemps pour ta surveillance, j'ai mordu, griffé, tiré des cheveux à tous, et tu me remercies comme cela... franchement je suis déçu...

-Ma sécurité est un art que tu ne connais pas encore totalement... Une femme aime être entourée, protégée, serrée, en sécurité affective, avec des hommes qui savent y faire, savent la bousculer, lui interdire, la mener où ils veulent.

-Dans ma prochaine vie, je serai une femme...

-Allons-y monsieur, je me donne à vous en toute simplicité.

-Faites attention, elle a aussi le bras long et peut appeler son mari, je le connais il est du genre bagarreur et violent... Il peut vous péter la tronche...

-Je ferais attention aux deux énergumènes que vous êtes... Allez, madame, je vous attends en bas avec les inspecteurs.

-A plus mon amour, et fais attention à toi.

-Je ne sors pas aujourd'hui, je reste avec mon chien imaginaire nommé Clébard…

-Ne faites pas pipi partout, et rangez vos croquettes avant que je revienne, sinon, c'est la fessée… Je t'appelle vers 16 heures pour te rassurer.

-Je t'aime ma douce fleur.

-Moi aussi mon futur papa.

Je me retrouvais seul dans l'appartement, et cela me donna la possibilité de bien réfléchir et surtout de mettre de l'ordre dans cette histoire.

-Depuis quelque temps, un personnage inconnu s'amuse, le mot est faible, à détruire tout ce qui est autour de moi… Qu'ai-je fait pour que cela arrive ? Je vais reprendre la liste de mes clients et chercher plus profondément…

Vers 14 heures, ayant fait le tour de ses clients, Marc s'arrêta et se restaura.

-Rien, j'ai bon réfléchir et planifier, je ne retrouve personne m'ayant fait des histoires ou personnes avec qui j'ai pu avoir des accrochages…et personne à qui j'ai fait des histoires de voisinage… je vais appeler Bertrand… Bertrand, c'est Marc, juste une petite question ; Avons-nous des problèmes financiers ou autres avec des clients ?

-Aucunement, tout est limpide, et nous n'avons que de bons payeurs et de mon côté rien vu de près ou de loin, pourquoi ?

-De mon côté, ce n'est, hélas pas la même musique, depuis quelques semaines tout part en purée… Entre les accidents, l'agression de ma mère, le meurtre du garde du corps de Claire, et le reste… Tiens, pas plus tard qu'hier soir une autre merde s'est incluse aux suivantes… Toi, il ne t'arrive rien depuis quelque temps ?

-Non ! Je ferme la boîte, et viens te voir de suite.

-Fais attention, le village est surveillé par la police sur notre demande, prends tes papiers et autres documents pour m'approcher.

-D'accord, je viens de suite.

Quelques minutes passent et la sonnette d'entrée retentit.

-Qui est-ce ?

-La police… un monsieur veut vous voir, un monsieur Bertrand.

-J'ouvre… Entre Bertrand…. Merci messieurs pour ce que vous faites actuellement, vous êtes très sérieux.

-Sécurité totale monsieur, sur ordre du commissaire.

-Salut Marc, tu me parais bien encerclé.

-Il le faut… mon appartement a été fouillé hier, et ils ont trouvé des micros et caméras partout. Je pense que mon téléphone est sur écoute au cas où… Rien d'étrange chez nous ?

-Non, les éternelles commandes, les livraisons, le toujours pareil.

-Et dans le personnel ?

-Il n'y a pas de problème possible, nous ne sommes que six, et chacun connaît les autres et surtout leur fait confiance.

-Exact.

-Une question, c'est grave ce qu'il t'arrive ?

-À moi personnellement, juste un accident étrange… mais pour ma mère, ce sont des coups violents sur tout le corps, des hématomes partout, quelques jours à l'hôpital, une surveillance totale de police, Et pour Claire, son garde du corps tué à l'hôpital alors qu'il y était rentré pour quelques heures.

-Là, ce n'est pas chez nous, personne ne connaît tes parents.

-Il n'y a que ma mère qui est vivante.

-Encore plus, même moi ton copain de vingt années ne le sait pas... Tu peux supprimer ce côté... Et pour Claire ?

-Elle est sécurisée totalement par une armada de policier en tous genres, son avion est surveillé, son personnel aussi.

-Étrange affaire qu'il vous arrive... Et pour l'entreprise, comment tu vas faire ?

-Aujourd'hui est repos, cette nuit, nous avons eu un problème.

-Entre vous ?

-Non, Claire avait commandé un repas chez un traiteur, et il a été retrouvé dans la poubelle, détruit, avec une chaussure dedans, mais surtout par un gars qui a payé en liquide, s'est fait passer pour moi, et a disparu actuellement.

-Hein !! Une chaussure dedans, c'est quoi ce truc impossible ?

-C'est la deuxième qui était arrivée voilà quelques semaines chez ma mère, avant son agression. C'étaient les chaussures de son garde du corps.

-Tu connais les personnes qui vont chez-elle ?

-Que du beau et puissant monde de haute taille, et ayant de l'influence.

-Peut-être faudrait-il fouiller de ce côté… quelqu'un qui en aurait face à elle, et voudrait récupérer ou obtenir quelque chose, et en passant par toi, et Claire, lui faire peur.

-Tu as raison, je vais aller la voir de suite, et lui poser des questions plus, familiales. Merci pour cette suggestion et pour tout ce que tu fais actuellement… Je te laisse au gouvernail du bateau pendant une période non définie, je te fais entièrement confiance, et je te rappelle dans quelques jours.

Se présentant devant la police de surveillance.

-Messieurs, je vais aller chez ma mère, comment cela se passe ?

-Nous devons vous protéger.

-Et pour la voiture, au cas où je doive aller ailleurs après ?

-Nous allons vous suivre avec une voiture rapide, sinon nous pouvons vous véhiculer avec un bon chauffeur accompagné d'un inspecteur de police.

-Je prends actuellement la deuxième solution, cela me donnera la possibilité de réfléchir et de faire le point sur toute cette affaire bien étrange.

Chez sa mère.

-Maman, comment va ta santé ?

-Actuellement, pas mal du tout… ces messieurs sont gentils et très complaisants… Ils sont aux petits soins pour moi.

-Ne les chahute pas trop.

-Que veux-tu dire par là ?

-Je te connais depuis longtemps, et te sais disons coquinette... les bras longs que tu connais en sont la preuve.

-Avec eux, c'est simplement amical depuis longtemps.

-Justement c'est pour cela que je viens te voir... As-tu dans ces personnes, une ou plusieurs, qui auraient contre toi, des rancunes parce que, ou je ne sais autres...

-Oh, non, ils sont tous très heureux de venir boire le thé ici, et de se reposer calmement pendant quelques heures.

-Tu es sûre...

-Je connais ces messieurs depuis le décès prématuré et ignoble de ton papa... Nous sommes intimes, mais pas de ce que tu crois... Nous partageons des opinions reposant sur la cordialité, la sympathie profonde, une intimité partagée, mais pure, et ainsi passent les jours.

-Pas de querelles pour des broutilles quelconques…

-Aucunement… Nous nous connaissons bien et nous respectons, nous sommes la main dans la main si tu veux tout savoir… Et pourquoi toutes ces questions ?

-Suite à ce qu'il arrive depuis quelques semaines… J'ai eu bon chercher, je ne trouve rien autour de nous trois… Pourtant une personne fait des dégâts sur nous.

-J'ai demandé à ces messieurs s'ils avaient de nouvelles de ce monsieur du gaz… Réponses : rien de nouveau.

-Tu vas être encore pour ton malheur surveillée de près par ces messieurs… j'espère que ces messieurs aux bras longs ne sont pas malheureux sans ton intimité câline.

-Non, ils savent être patients, et cela met du sel dans notre amitié. Tu restes manger ?

-Non, je vais passer au garage pour l'accident que j'ai eu … je vais chercher le chauffeur d'un peu plus près, quelque chose me pousse là-bas... je te laisse, bonne soirée, et ne sois pas trop goinfre, ils sont jeunes, ne manges pas tout.

-Va-t'en de suite… enfin… Ta mère, enfin…

-Messieurs, pouvons-nous aller au garage où j'ai laissé ma voiture cassée, je vais demander des renseignements sur le camion, la couleur, en gros essayer de me souvenir du visage du gars.

-Et c'est où ?

-Dans le 5 ème arrondissement.

-Nous y allons de suite, je vois où il est.

Pendant la route, le chauffeur.

-Il y a une voiture qui nous suit, ce ne sont pas des collègues, et la plaque d'immatriculation est sale, de plus je ne vois pas bien son visage…

Puis la voiture tourna rapidement faisant du bruit de roues, et partit à vive allure.

-L'on fait quoi ?

-Rien… nous le retrouverons rapidement par les caméras de surveillance du quartier… je lance une demande de suivi.

Le téléphone de Marc sonna.

-Claire, je suis en voiture avec la police, comment se passe ton travail.

-Bien, enfin pas trop mal… j'ai parlé avec madame Legrand… Il y a un petit problème, elle a reçu des vêtements dans sa boîte à courrier appartenant à son mari, en début de semaine.

-Quoi, c'est quoi cette histoire… Attends je le dis aux policiers… Madame Legrand femme du garde du corps de ma femme, et dont le mari est mort tué à l'hôpital, vient de recevoir par courrier, des vêtements à lui…

-Passez-moi votre femme, monsieur… Inspecteur Dufour… ces vêtements étaient de quelles sortes, madame ?

-Une chemise, plus un mouchoir…

-Vous avez averti nos collègues ?

-Oui, de suite…

-Je dois vous laisser, je rentre en conférence, avec mes collaborateurs… A plus tard Marc

-A plus tard Claire.

-Il faut protéger cette femme et sa famille, moi je préviens immédiatement le commissaire… Cette affaire est vraiment étrange, qui est cette personne s'amusant avec vous tous et toutes ? Commissaire, inspecteur Dufour… nous avons été avertis que la femme de l'homme tué à l'hôpital, a reçu un courrier avec des vêtements du mari dedans… D'accord je prends note, à plus tard... Ordre du commissaire, surveillance poussée au maximum autour de vous, de plus il va faire protéger cette famille...j'appelle pour la voiture, l'on ne sait jamais... Inspecteur Dufour, vous pouvez rechercher une voiture verte ordinaire, filmée Boulevard des Invalides depuis disons, une heure au plus... toutes voitures vertes, vous me rappelez, c'est très important sur ce numéro... merci.

-Arrêtons ce que je vous avais demandé, cela ne sert à rien, le garage ne donnera pas plus... retournons chez moi, que je réfléchisse plus calmement, que je mette de l'ordre dans tout ce méli-mélo, il y a trop d'indices, il nous manque un quelque chose que nous avons face à nous et que nous ne voyons pas.

-Retour chez monsieur, de suite...

Le téléphone de l'inspecteur sonna.

-Oui ! Pour la voiture... retrouvée dans une rue sans caméras, c'est une voiture volée hier à

Paris… et les empreintes… aucune… tout effacé logiquement et proprement… Autre chose… oui, je note… merci pour tout, bon boulot en tout cas… Le personnage est méticuleux, efface toutes traces de lui, mais ils ont aperçu la forme d'un homme assez costaud, sans plus.

-C'est ce que j'ai cru voir furtivement dans le rétroviseur, homme assez gros.

-Cela ressemble à l'individu qui a frappé ma mère… en tout cas pour le poids. Trois fois en quelque temps, cela n'est plus du jeu de voisinage, mais une poursuite contre nous.

Dans une grande salle de réunion.

-Madame, le président vous demande immédiatement au sujet de Moscou.

-Je vous suis… Veuillez m'excuser quelques minutes, messieurs et mesdames, je serai de retour rapidement, une urgence…

-Où allez-vous madame ?

-Je monte juste voir le président quelques minutes, il veut me voir et s'entretenir en privé pour un problème… Vous pouvez rester là, il n'y a pas danger, j'y vais avec ce monsieur qui est de la maison.

-Bien madame !

-Si… préparez le personnel, nous partons pour Bruxelles dans 40 minutes. Je devrais quitter la réunion un peu précipitamment avec cette interruption imprévue, mais je pense en avoir avec le président que pendant quelques minutes.

-J'avertis tout le monde de se préparer, et aussi votre personnel de bord.

Hélas, trente minutes passent, et Claire n'est pas redescendue.

-Je monte voir au secrétariat du président.

-Bonjour est-ce que madame peut être dérangée, nous devons partir pour Bruxelles.

-Madame, quelle madame ?

-Madame De St Martin… elle est montée avec un agent, car le président la cherchait d'urgence.

-Attendez, j'appelle monsieur le président ; Monsieur, pouvez-vous venir d'urgence, il y a un malentendu avec la sécurité de madame De St Martin.

-Messieurs, que se passe-t-il ?

-Madame De St Martin est bien avec vous ?

-Aucunement… justement je l'attends depuis longtemps, et il paraît qu'elle est en réunion dont elle fait un important discours, et viendra ensuite.

L'agent de sécurité.

-Urgence, urgence… Madame De St Martin n'est pas là, fouillez immédiatement toutes les sorties… passez au contrôle vite fait… bloquez tout et tous, personne ne sort plus…

Allez vite dans le parking, bloquez tout…j'appelle la commissaire de suite.

-Oui, que se passe-t-il ?

-Commissaire, madame De St Martin a disparu, nous la cherchons dans tout l'immeuble ; j'ai fait immédiatement bloquer entrées et sorties.

-Nous arrivons de suite, j'appelle monsieur De St Martin, il va être furieux… Aujourd'hui va être ma fête, et mon dernier jour dans la police… Monsieur, je viens d'apprendre que votre femme a été enlevée dans son entreprise, les portes sont fermées, les issues bloquées.

-Nous vous retrouvons là-bas… Fonces, toute sirène hurlante.

Dans l'immeuble.

-Commissaire, alors ?

-J'ai fait regarder les caméras de sorties, elle n'est pas vue… Pour le sous-sol, il est impossible de sortir, il y a des travaux actuellement et seules six voitures ont accès, et toutes sont là… Plus de 20 agents fouillent pièce par pièce l'immeuble, étage par étage… Elle ne peut être que dedans.

-Commissaire, étage deux il n'y a rien, étage trois, il n'y a rien… Nous faisons des quatre autres, minutieusement.

-Comment cela s'est-il fait ?

-L'on peut dire naturellement monsieur de St Martin, un agent de l'immeuble est venu la chercher pendant sa réunion, avec comme prétexte que le président voulait la voir de suite, mais elle n'est jamais arrivée chez lui… Et de son côté, il lui avait été dit qu'elle aurait du retard suite à sa réunion où elle faisait un discours important… Elle était en sécurité puisqu'elle a dit à son inspecteur de prévenir son personnel volant de se préparer, qu'ils partiraient pour Bruxelles dans les 40 minutes.

-Commissaire, étages quatre, il n'y a rien, et étages cinq, il n'y a rien, nous continuons...

-Monsieur de St Martin, je suis le président de cet endroit, Jordan Frankie... Tout cela est impossible, notre personnel est trié et surveillé chaque jour, même les secrétaires ont des badges électroniques dont les codes ne sont donnés quelques minutes avant qu'elles rentrent, par un principe de wifi, codes donnés par moi, et il en est de même pour toutes sorties... ce qui veut dire que si elle veut sortir, elle ne peut pas.

-Et pour d'autres personnes ?

-Il est sorti sept personnes dont trois femmes et quatre hommes ; ils et elles ont toutes et tous été retrouvées et sont maintenant ici. Les caméras de sorties les montrent tous et toutes seuls ou seules... Il est impossible de passer deux personnes ensemble.

-Et les sous-sols ?

-Nous faisons des travaux électriques et juste six voitures sont acceptées, et elles sont toutes en place, et n'ont pas bougées car comme pour le personnel, il faut un code wifi donné par moi, et je n'en ai donné aucun, seuls seront vers 18 heures, et avec vérification du véhicule.

Le téléphone de Marc sonna.

-Allo.

-Bonjour, monsieur De St Martin, comment allez-vous ?

-Qui êtes-vous ?

-Un ami de votre femme qui est actuellement avec moi... elle vous embrasse de loin, de très loin...

-Je reconnais votre voix... vous êtes son ancien garde du corps auquel j'ai mis une raclée, voilà pas longtemps dans l'avion.

-Je ne vous en remercie pas grandement, mais j'ai actuellement votre belle femme à mon côté, cela compense… Ah, ne cherchez pas le numéro, c'est un téléphone sans abonnement, et ne cherchez pas à le suivre, j'en ai acheté une dizaine un peu partout… A plus… je vous rappelle, cher ami.

-Qui est-ce ? demanda le président Jordan Frankie.

-L'ancien garde du corps de ma femme, c'est lui qui l'a enlevée, mais je ne sais pas son nom.

-Faites sortir son dossier électronique et informatique immédiatement… Il s'appelle Camille Jourdan, il a quitté l'entreprise voilà plus d'un an, et fait un stage de protection entre-temps… Il savait ce qu'il faisait, il n'est jamais rentré dans l'immeuble, et donnait une fausse identité extérieure. Il connaît tout le principe des badges wifi ; mais surtout toutes les entrées et sorties.

-Mais comment a-t-il pu rentrer et sortir ?

-Par l'agent qui est venu chercher votre femme, tout simplement ; il a dû lui prêter sa carte, et remplacer la photo, plus le code d'entrée.

-Et où est-il ?

-Commissaire… étage six, rien… étage sept, nous avons retrouvé l'homme qui est venu chercher madame De St Martin… il est mort étranglé, et caché dans une armoire de bureau, fermée à clé. Pas de madame de St Martin…

-Nous venons d'avoir un appel du ravisseur voilà quelques secondes, continuez de chercher pour savoir d'où ils sont sortis…

-Comment a-t-il connu ma femme ?

-Certainement quand il était agent chez nous, et il l'a suivi après en faisant son stage, c'est comme cela qu'il est arrivé jusqu'à elle.

-C'est quoi ce fou ?

-Il a dû faire une fixation sur elle, et a tout fait pour s'en approcher... Je vois sur son dossier, qu'il avait reçu des remontrances et des avertissements envers des femmes de l'entreprise... Il était reconnu comme têtu et dérangeant.

-Cela explique entièrement la mort de son ancien agent de sécurité ?

-L'agent Legrand... je le connaissais bien, et idiot que j'ai été, je n'ai même pas cherché à savoir qui était devenu son nouvel agent remplaçant, auprès de votre femme, mais il faut dire que plus personne ne pensait à lui, car débarrassé de ce disant harceleur, et encombrant personnage.

-Vous n'y êtes pour rien... Et il savait très bien ce qu'il faisait, il aurait de toute façon trouvé un autre procédé pour être à ses côtés.

-Commissaire... nous avons retrouvé le système de sortie... par le toit et avec une descente par un ascenseur allant au rez-de-chaussée… ascenseur prévu pour les gros travaux des entreprises.

-Alors, demanda le président.

-Ils sont passés par un ascenseur pour les entreprises de travaux… enfin, il a fait sortir votre femme par cet endroit impensable, vu que le complice est mort.

Le téléphone de Marc sonna.

-Ce doit être lui ; silence ! Oui…

-Alors cher ami, comment allez-vous depuis ces quelques minutes ?

-Je ne vous croyais pas, mais actuellement je commence lentement à vous croire, et encore…je n'ai pas de preuves tangibles de vos dires.

-Écoutez bien, cela va vous rassurer.

-Marc, c'est moi… Ne t'en fais pas, je comprends ce qu'il ressent pour moi… Tous deux nous voulions un château avec de l'or et des richesses partout, mais je préfère avec lui une simple cabane au Canada, où nous vivrons notre amour solitaire. J'espère que tu me comprends bien, et que tu te souviendras de ce que je viens de te dire, fais avec. A jamais…

Puis elle raccrocha.

-Qu'a-t-elle dit ?

-Qu'elle me quittait pour lui et que je ne devais rien faire contre cela… je vais vous laisser, et je dois réfléchir à mon avenir sans elle, maintenant…

-Mais !!!

-Faites votre enquête de votre côté, moi, je vais reprendre ma route solitaire dans un autre pays, j'arrête tout… je suis déçu, désespéré, effondré, anéanti… Plus rien n'a d'importance dans ma vie pour le futur.

Son téléphone sonna.

-Vous avez enfin compris…

-Oui, et je vous donne ma bénédiction future, avec votre femme... Pourrez-vous me rappeler dans deux heures, j'aimerais entendre sa voix une dernière fois, si cela ne vous dérange pas.

-Aucunement cher ami... il est bien de s'entendre entre adultes... Dans deux heures, cela sera parfait. Ah, j'espère que votre maman va mieux, je m'excuse auprès d'elle, mais mon ami est un peu brutal avec les femmes, il a envers elles, une certaine colère d'enfance, mais comme il dit, les femmes adorent être brutalisées et secouées... Il ne faut pas lui en vouloir, son esprit est un peu dérangé, mais il est très serviable et honnête.

-Ne vous inquiétez pas, elle va mieux, et nous verrons plus tard pour faire le constat à l'amiable avec lui... je vous le promets.

-Je vais devoir vous laisser, ma future femme s'impatiente... c'est cela qui les rendent séductrices, à dans deux heures comme prévu entre nous, seul cher ami.

Deux heures passent, et le téléphone sonna.

-J'espère que ce n'est pas une embrouille venant de vous, sinon votre ex-épouse en supportera les conséquences désastreuses, je peux vous le certifier… et conséquences si malheureuses pour moi de perdre si rapidement ma tendre et future épouse.

-Non, je n'ai qu'une parole… elle était tout pour moi avant de vous rencontrer, je veux le même pour vous maintenant, que votre couple ainsi que votre futur soit heureux…

-Je vous passe ma femme, alors… Ma chérie, c'est ton ex-mari…

-Allo… Que veux-tu encore ?

-J'ai compris ce que tu m'as dit, et j'en suis heureux pour vous…

-Saches, que ce n'est pas une entreprise que j'ai faite, mais que j'ai usiné pour notre amour… Derrière les carreaux sales et cassés que je te faisais croire, était mon soleil, lui. La cheminée haute de notre couple actuel va être vue de loin, et maintenant, j'ai vraiment autre chose à penser et pour être claire, non par le prénom, mais par le mot, foutez la paix à notre amour et ne nous faites pas d'autres appels... Tiens mon amour, je te repasse ce monsieur inutile et encombrant qui se croyait être, ce manipulateur... J'espère monsieur que vous avez compris le message de ma femme.

-Je ne pensais pas cela d'elle... elle cachait bien son jeu, et je me suis fait avoir en beauté par cette immonde saloperie... Crevez tous les deux en enfer, c'est tout ce que vous méritez...A jamais. Ne rappelez plus sur ce numéro, désormais il ne répondra plus à personne, sauf au vent qui lui fera de l'air inutile, et encore...Dites à votre femme que sa cheminée crasseuse, je m'en bats l'œil, et de ses carreaux crasseux, ils me cachent d'elle et j'en suis heureux au plus profond de moi... j'ai actuellement pris la route vers demain et m'approche lentement du but que j'ai voulu, mon bonheur avec ce qui fut mon passé, ma vie d'avant, que je ne lâcherai pour rien au monde... Mon bonheur et moi, la main dans la main pour l'éternité... A jamais, monsieur et madame machin-chose.

Puis Marc raccrocha, monta seul dans sa voiture et fila, vers quelque part, oublier tout.

Plus d'un an passa et naquit un petit enfant dans une clinique très privée, dont le père nommé Marc était aux anges, et la maman Claire était aussi radieuse. Au fait, Fleur est le deuxième prénom de Claire...

Marc et Claire avaient un jeu fait de sous-entendus et de pistes dans leurs conversations, ainsi il retrouva le fou, le tua... retrouva le frappeur de sa mère et lui fit aussi joyeusement une fête harmonieuse et définitive, sans que personne n'en sache rien. Après par respect pour eux, il enterra soigneusement et religieusement les deux amis dans une forêt éloignée de tous et surtout privée, ensuite ils quittèrent la France pour ailleurs, mais où ?

Indice : Un jambon nouveau pour une remise
en forme de deux êtres qui s'aiment.

Fin

Vengeance pour une fleur

© 2023, Harry Trincheti
Édition : BoD – Books on Demand, info@bod.fr
Impression : BoD – Books on Demand,
In de Tarpen 42, Norderstedt (Allemagne)
Impression à la demande
ISBN : 978-2-3220-1075-2
Dépôt légal : janvier 2023

Loi n°49-956 du 16 juillet 1949 sur les publications destinées à la jeunesse, modifiée par la loi n°2011-525 du 17 mai 2011.